O PÁSSARO NOTURNO

ALICE HOFFMAN

O PÁSSARO NOTURNO

Tradução
Ludimila Hashimoto

1ª edição

BERTRAND BRASIL
Rio de Janeiro | 2016

Copyright © 2015 by Alice Hoffman

Publicado mediante acordo com Random House Children's Books, uma
divisão da Penguin Random House LLC.

Título original: *Nightbird*

Texto revisado segundo o novo
Acordo Ortográfico da Língua Portuguesa

2016
Impresso no Brasil
Printed in Brazil

CIP-BRASIL. CATALOGAÇÃO NA PUBLICAÇÃO
SINDICATO NACIONAL DOS EDITORES DE LIVROS, RJ

Hoffman, Alice, 1952-
H647p O pássaro noturno / Alice Hoffman; tradução de
Ludimila Hashimoto. – 1ª ed. – Rio de Janeiro: Bertrand
Brasil, 2016.
176 p.; 21 cm.

Tradução de: Nightbird
ISBN 978-85-286-2079-5

1. Ficção americana. I. Hashimoto, Ludimila. II. Título.

16-35554   CDD: 813
CDU: 821.111(73)-3

Todos os direitos reservados pela:
EDITORA BERTRAND BRASIL LTDA.
Rua Argentina, 171 – 2º andar – São Cristóvão
20921-380 – Rio de Janeiro – RJ
Tel.: (0xx21) 2585-2000 – Fax: (0xx21) 2585-2084

Não é permitida a reprodução total ou parcial desta obra, por
quaisquer meios, sem a prévia autorização por escrito da Editora.

Atendimento e venda direta ao leitor:
mdireto@record.com.br ou (0xx21) 2585-2002

ÍNDICE

CAPÍTULO UM

Como começou / 7

CAPÍTULO DOIS

A distância entre nós / 29

CAPÍTULO TRÊS

Destinos contrários / 57

CAPÍTULO QUATRO

O verão que não foi como os outros verões / 75

CAPÍTULO CINCO

A mensagem e o mensageiro / 107

CAPÍTULO SEIS

Na intersecção entre o passado, o presente e o futuro / 117

CAPÍTULO SETE

Como reverter uma maldição / 129

CAPÍTULO OITO

Um céu cheio de relâmpagos / 141

CAPÍTULO NOVE

A noite da lua vermelha / 157

RECEITA

Torta de maçã Cor-de-Rosa / 169

AGRADECIMENTOS / 173

CAPÍTULO UM

Como começou

Não podemos acreditar em tudo que ouvimos, nem mesmo em Sidwell, Massachusetts, onde dizem que todas as pessoas falam a verdade, e onde as maçãs são tão doces que as pessoas vêm lá de Nova York para o festival da maçã. Há boatos de que uma criatura misteriosa mora em nossa cidade. Algumas pessoas insistem que é um pássaro maior que uma águia. Outras dizem que é um dragão, ou um morcego enorme que parece uma pessoa. Esse ser, com certeza, humano, animal ou meio-termo, não existe em nenhum outro lugar deste mundo. As crianças sussurram que há um monstro entre nós, meio homem, meio mito, e que os contos de fadas são reais no Condado de Berkshire. No Armazém de Sidwell e no posto de gasolina, os turistas podem comprar camisetas com uma fera de olhos vermelhos e as palavras VISITE SIDWELL embaixo.

Toda vez que vejo uma camiseta dessas numa loja, como quem não quer nada, jogo-a na lixeira.

Na minha opinião, as pessoas deveriam tomar cuidado com as histórias que contam.

Por outro lado, toda vez que uma coisa some, o monstro é culpado. Os finais de semana são os dias em que esses roubos esquisitos mais acontecem. Várias fatias nas entregas de pão para a Lanchonete Starline ficam faltando. Roupas penduradas no varal somem. Eu sei que essa coisa de monstro não existe, mas o fato é que o ladrão atacou minha família. Quatro tortas estavam esfriando na bancada da cozinha. Num minuto, a porta dos fundos ficou aberta e uma das tortas desapareceu. Uma colcha velha que estava na varanda sumiu num sábado. Não havia pegada alguma no gramado, mas senti, sim, um calafrio quando fiquei parada na porta dos fundos aquela manhã, olhando com atenção para dentro da floresta. Pensei ter visto de relance um vulto solitário correndo no meio das árvores, mas talvez tenha sido apenas a névoa, subindo da terra.

Ninguém sabe quem pega essas coisas, se alguém está pregando uma peça, ou se alguém — ou algo — precisa delas de verdade, ou se é a criatura que todos supõem viver dentro das fronteiras da nossa cidade. As pessoas em Sidwell discutem tanto quanto as de qualquer outro lugar, mas todos concordam com uma coisa: Nosso monstro só pode ser visto à noite, e apenas se você estiver à janela, ou andando numa trilha perto dos pomares, ou se por acaso estiver passando pela nossa casa.

Moramos na Estrada da Velha Montanha, numa casa de fazenda com mais de 200 anos de idade, onde há recantos, fendas e três lareiras de tijolo, todas tão grandes que consigo ficar de pé dentro delas, mesmo sendo alta para 12 anos. Da porta da frente, a vista da floresta que tem algumas das árvores mais velhas de Massachusetts é ampla. Atrás de nós, há um pomar de vinte acres de macieiras. Cultivamos uma variedade especial chamada Cor-de-Rosa. Um de meus ancestrais plantou o primeiro pé de maçã Cor-de-Rosa em Sidwell. Há quem diga que o próprio Johnny Appleseed, que trouxe macieiras para todo o país, deu de presente para a nossa família uma muda exclusiva quando passou pela cidade a caminho do oeste. Nós fazemos molho de maçã Cor-de-Rosa, bolo de maçã Cor-de-Rosa e torta de maçã Cor-de-Rosa em dois tons, claro e escuro. No verão, antes de dar maçã, temos torta Cor-de-Rosa de pêssego com frutas vermelhas, e, no fim da primavera, há a torta de ruibarbo e morango Rosa-Choque, feita com frutas colhidas no jardim atrás de casa. O ruibarbo parece um aipo vermelho. Embora amargo, combinado com morango, fica uma delícia. Gosto da ideia do amargo e do doce misturados para criar algo incrível. Talvez porque eu venha de uma família em que um não espera que o outro seja como qualquer outra pessoa. Ser incomum é algo comum para os Fowler.

Dizem que a massa da torta da minha mãe é a melhor da Nova Inglaterra, e a nossa sidra Cor-de-Rosa é famosa em todo o estado de Massachusetts. As pessoas vêm de longe, de Cambridge e de Lowell, só para prová-la. Levamos a maior parte das nossas tortas e cupcakes para ser vendida no Armazém dirigido pelo Sr. Stern, que consegue vender tudo que a minha mãe é capaz de fazer. Sempre quis ser mais como ela e menos como eu, atrapalhada e sem jeito. Quando criança, minha mãe fazia aulas de balé na Escola de Dança da Srta. Ellery, aqui na cidade, e ela ainda é graciosa, mesmo quando está colhendo maçãs ou arrastando cestas de frutas pela grama. Mas os meus braços e as minhas pernas são longos demais, e tenho tendência a tropeçar nos próprios pés. A única coisa em que sou boa é correr. E guardar segredo. Sou excelente nisso. E já pratiquei muito.

Minha mãe tem cabelo cor de mel, que fica preso no alto com uma presilha prateada sempre que ela faz tortas. Meu cabelo é escuro. Às vezes, nem sei de que cor é; uma espécie de marrom meio preto, como uma casca de árvore ou uma noite sem estrelas. Fica tão embaraçado quando estou na floresta que este ano eu mesma cortei por frustração, com a tesoura, e agora está pior do que nunca, mesmo minha mãe dizendo que pareço uma fadinha. Parecer uma fada não é o que eu desejava. Eu queria ficar parecida com a minha mãe, que, todo mundo diz, era a menina mais bonita da cidade quando tinha a minha idade, e agora é a mulher mais bonita do país.

Ela, porém, também é extremamente triste. Considero um milagre sempre que ela sorri, de tão raro que é. As pessoas da cidade sempre são gentis com ela, mas falam mal dela pelas costas e referem-se a ela como "pobre Sophie Fowler". Não somos pobres, embora minha mãe tenha trabalhado muito desde que seus pais faleceram e ela voltou para tomar conta do pomar. Por outro lado, sei por que as pessoas sentem pena dela. Eu também sinto. Apesar de ter crescido nesta cidade, minha mãe está sempre sozinha. À tarde, fica sentada na varanda, lendo até o sol descer no céu e a luz começar a sumir. Ela me faz lembrar as corujas da floresta que saem voando sempre que veem alguém.

Quando passamos pela Avenida Principal, ela aperta o passo, quase correndo, acenando se algum velho amigo de escola a cumprimenta, mas nunca parando para bater papo.

Evita a Lanchonete Starline. Lugar sociável demais. Muita gente do passado que ela pode conhecer. A última vez em que fomos lá, era meu aniversário e implorei por algum doce especial. Talvez por sempre ter pilhas de bolos, tortas e cupcakes em casa, a sobremesa que mais gosto é sorvete. Talvez seja a minha comida predileta no mundo, o que imagino que fadas de verdade comeriam, se comessem alguma coisa. Eu amo a sensação de calafrio que o sorvete proporciona, como se estivesse cercada por uma nuvem gelada.

Minha mãe e eu nos sentamos numa cabine dos fundos e pedimos sorvetes e refrigerantes para comemorar meus 12 anos. Doze é um número misterioso, e sempre pensei que uma coisa excepcional aconteceria comigo depois desse aniversário, então me sentia animada com o futuro, o que geralmente não é da minha natureza. Pedi sorvete de chocolate e minha mãe, de morango. A garçonete era uma mulher simpática chamada Sally Ann, que conheceu minha mãe ainda jovem. Ela foi à nossa mesa, e, quando comecei a falar que era meu aniversário, contou-me que minha mãe e ela haviam sido melhores amigas quando tinham 12 anos. Ela ficou olhando com tristeza para minha mãe.

— E agora todos esses anos se passaram, e nunca recebo notícias de você, Sophie. — Sally Ann parecia magoada de verdade com o fim da amizade. — Por que está se escondendo lá no alto, na Estrada da Velha Montanha, sabendo que todos os seus amigos sentem sua falta?

— Você sabe como sou — disse minha mãe. — Sempre fui de ficar quieta.

— Isso está longe de ser verdade — insistiu Sally Ann. Ela virou-se para mim. — Não acredite nela. Sua mãe era a garota mais popular de Sidwell, mas, depois ela foi para Nova York e, quando voltou, não era mais a mesma. Agora não fala com mais ninguém. Nem comigo!

Assim que chamaram Sally Ann de volta ao balcão, minha mãe sussurrou:

— Vamos embora.

Saímos de fininho pela porta antes de nossos sorvetes e refrigerantes chegarem. Não sei se minha mãe estava com lágrimas nos olhos, mas parecia muito triste. Mais triste ainda quando Sally Ann correu atrás de nós e nos entregou as bebidas em copos de papel para viagem.

— Não queria ter feito você fugir — desculpou-se Sally Ann. — Só disse que sinto saudade de você. Lembra quando fazíamos aula de balé juntas e sempre chegávamos ao estúdio de dança mais cedo para ficarmos com o lugar todo só para nós duas e dançarmos fazendo bobeiras?

Minha mãe sorriu com a lembrança. Pude ver quem ela foi um dia na expressão que passou pelo seu rosto.

— Sempre gostei de Sally Ann — disse ela, enquanto saíamos de carro. — Mas jamais poderia ser sincera com ela agora, e como alguém é capaz de ter uma amiga e não contar a ela a verdade?

Entendi por que minha mãe não podia ter amigos, e por que o meu destino era o mesmo. Eu também não podia contar a verdade, embora às vezes tivesse uma vontade tão grande de gritar a verdade que minha boca ardia. Eu conseguia sentir as palavras que desejava dizer me picando, como se tivesse engolido abelhas que estavam desesperadas para se libertar. *Isso é o que eu sou*. É o que eu gritaria. *Posso não ter uma vida como a que vocês têm, mas sou Twig Fowler, e tenho coisas a dizer!*

Na maioria das noites e finais de semana, ficávamos em casa e não nos aventurávamos a sair. Essa era a nossa vida e o nosso destino, e não adiantaria nada reclamar. Acho que isso poderia ser chamado de o destino dos Fowler. Mas eu sabia que Sally Ann estava certa. Não havia sido sempre assim. Eu vira as fotografias e os álbuns de recortes num armário lá no sótão. Antes, minha mãe era diferente. No ensino médio, fazia parte da equipe de corrida e do grupo de teatro. Parecia estar sempre cercada de amigos, patinando no gelo ou tomando chocolate quente na Lanchonete Starline. Ela arrecadou dinheiro para a ala pediátrica do hospital de Sidwell organizando uma Tortatona, assando cem tortas numa única semana, as quais foram vendidas para quem desse os lances mais altos.

Quando terminou o ensino médio, decidiu que queria ver o mundo. Ela era corajosa e independente naquela época. Deu um beijo de despedida nos pais e deixou a cidade num Greyhound. Era jovem e determinada, e sonhava em ser chef de cozinha. Não alguém que cozinhasse na Lanchonete Starline, como ela fazia aos finais de semana durante todo o ensino médio. Uma chef de verdade num restaurante internacional. Sua especialidade sempre foram os doces. Partiu para Londres e, depois, Paris, onde morou em apartamentos minúsculos e teve aulas de culinária com os melhores chefs. Caminhava pelas nebulosas margens de rios até os mercados agrícolas, onde comprava peras com gosto de bala. Por fim, foi parar em Nova York, onde conheceu meu pai. O máximo que ela me contou foi que um conhecido dos dois achara que eles seriam perfeitos um para o outro, e, no fim das contas, eram. Meu pai esperava por ela quando o avião aterrissou, para ajudá-la a andar em Manhattan. Antes de chegarem de táxi ao novo apartamento dela, já estavam apaixonados.

Mas se separaram antes de minha mãe voltar para o funeral dos pais dela — meus avós sofreram um acidente de carro nas montanhas durante a época dos deslizamentos. Aconteceu na floresta de Montgomery, onde as árvores são tão velhas e altas que fica escuro até o meio-dia, e as curvas são tão fechadas que dão frio na barriga quando passamos por elas de carro. Foi muito triste perder meus avós, mesmo eu ainda sendo pequena na época. Tenho pedaços de lembranças espalhados: um abraço, uma canção, risos, alguém me lendo um conto de fadas sobre uma garota que se perde e encontra o caminho de volta para casa pela floresta deixando migalhas ou seguindo penas de corvos.

Quando viemos para Sidwell, eu estava no banco de trás de uma velha caminhoneta que mal conseguiu chegar a Massachusetts. Eu era só uma criança pequena, mas me lembro de olhar pela janela do carro e ver Sidwell pela primeira vez. Minha mãe mudou o nosso nome para Fowler de novo, tirando o sobrenome de meu pai — que nem sei qual era — e assumiu a fazenda. Todo ano ela contrata gente que está de passagem pela cidade à procura de trabalho. Essas pessoas colhem as maçãs e produzem a sidra, mas ela faz todas as tortas sozinha. Quando acontece de ser convidada para uma festa ou um evento da cidade, escreve um bilhete recusando com educação. Algumas pessoas dizem que somos esnobes porque já moramos em Nova York e achamos que a vida tem de ser uma aventura cheia de emoções como é em Manhattan, e outras dizem que nos achamos boas demais para uma cidadezinha pacata do interior. Outras ainda se perguntam o que aconteceu com o marido que minha mãe encontrou e perdeu em Nova York.

O povo de Sidwell pode falar o quanto quiser. As pessoas não sabem a história toda. E, se formos espertas o bastante, nunca saberão.

Quando viemos de Nova York, eu não era a única no banco de trás do carro.

Foi por isso que chegamos depois de escurecer.

Embora eu seja tímida, conheço a maioria das pessoas em Sidwell, pelo menos de nome, a não ser pelos novos vizinhos que estavam se mudando para a casa no limite com a nossa propriedade. Eu ouvira falar neles, claro, no Armazém. Eu havia ido até lá de bicicleta para entregar duas caixas de cupcakes de morango tão doces que fui seguida por abelhas, e a colmeia inteira parecia estar atrás de mim. Há um grupo de homens que toma café no Armazém antes de ir para o trabalho. Penso neles, em segredo, como o Grupo da Fofoca. São carpinteiros e encanadores, e até o carteiro e o delegado às vezes se juntam a eles. Têm opinião sobre tudo e comentam sobre todos, e contam piadas que parecem achar engraçadas: *O que você faz com um monstro verde? Espera ele amadurecer. Como é que um monstro consegue fazer gol? Dando um susto no goleiro.*

Quando a conversa se torna séria, alguns dos homens juram que um dia desses haverá uma caça ao monstro e que será o fim do sumiço das coisas pela cidade. Esse tipo de conversa sempre me causa arrepios. Ainda bem que as conversas recentes têm sido mais sobre a possibilidade de a floresta ser transformada num empreendimento imobiliário — mais de cem acres que pertencem a Hugh Montgomery. As pessoas o veem até menos que a nós. Os Montgomery moram em Boston e só vêm a Sidwell nas férias e nos finais de semana. Costumavam passar o verão aqui, mas agora as pessoas dizem que é mais provável irem a Nantucket ou à França. Ultimamente, tenho visto caminhões na floresta, de manhã cedo, sob a névoa. O pessoal logo concluiu que a água e o solo estavam sendo testados. Foi quando o povo da cidade desconfiou das intenções de Montgomery.

Eu tinha outras coisas em que pensar, então não prestei muita atenção. A floresta sempre existira ali e achei que sempre existiria. Eu estava mais concentrada no fato de que novos vizinhos estavam se mudando para a propriedade ao lado do nosso pomar. Essa era uma grande novidade para nós. Nunca havíamos tido vizinhos antes. O Chalé da Pomba da Lamentação, abandonado por séculos, sempre teve pombas fazendo ninhos por perto. Dava para ouvir o arrulhar delas ao chegar ao quintal cheio de mato, espinheiros e cardos. O chalé estava com as janelas quebradas, o telhado desmoronando e coberto de musgo. Era um lugar soturno e desolado, e muita gente procura não passar pela área. Não é só o Grupo da Fofoca que diz que uma bruxa morou ali há muito tempo. Todos concordam que era a residência da Bruxa de Sidwell até ela sofrer uma decepção amorosa. Quando ela desapareceu da nossa cidadezinha, deixou uma maldição.

As crianças podem ficar perto do gramado e ouvir as pombas, e até desafiar umas às outras a chegar perto da varanda, mas saem correndo quando uma rara coruja preta de Sidwell vem voando de longe, e nunca entram na casa. Eu fui até a varanda uma vez. Abri a porta, mas não passei da soleira. Depois daquilo, tive pesadelos por semanas.

Todo ano, em agosto, há uma peça sobre a Bruxa de Sidwell na prefeitura, apresentada pelo grupo mais jovem do acampamento de verão. Quando eu era pequena, a professora de teatro, Helen Meyers, queria que eu fosse a bruxa.

— Tenho a sensação de que você será a melhor Agnes Early que já tivemos — disse-me ela. — Você tem um talento natural, e isso é raro.

Era uma honra receber o papel principal, e eu me sentia orgulhosa de ter sido escolhida. Desde que eu era bem pequena, queria ser atriz, e talvez até escrever peças quando crescesse. Mas minha mãe apareceu no ensaio antes da minha última fala — *Não se intrometa na minha vida se você sabe o que é melhor pra você e para os seus!*

Perturbada, ela chamou a Sra. Meyers em um canto.

— Minha filha é a bruxa?

— Ela nasceu para isso — anunciou a Sra. Meyers, animada.

— Para ser bruxa? — Minha mãe pareceu confusa e ofendida.

— De jeito nenhum, minha querida! Para ser atriz. Poucos têm talento de verdade, mas, quando têm, em geral são os tímidos. Eles simplesmente florescem no palco.

— Infelizmente, minha filha não poderá continuar — minha mãe disse à Sra. Meyers.

Fiquei tão chocada que não consegui falar nada. Só assisti, pasma, à minha mãe informar à professora de teatro que eu não podia participar da peça, nem como parte do coro. Na época, eu tinha um amigo, o primeiro e único, um menino com quem eu dividia meu almoço todo dia. Nós dois éramos tímidos, acho, e nós dois corríamos rápido. O que eu lembro é que ele veio ficar do meu lado no dia em que fui embora do acampamento, e segurou a minha mão, porque eu já havia começado a chorar. Eu só tinha 5 anos, mas estava tão decepcionada que, quando cheguei em casa, chorei de soluçar até os meus olhos ficarem vermelhos. Minha mãe sentou-se ao meu lado e fez o que pôde para me consolar, mas me virei para o outro lado. Não entendia como ela era capaz de ser tão má. Nesse momento, eu me vi como uma rosa arrancada antes de florescer.

Naquela noite, minha mãe levou a janta, sopa de tomate caseira e torrada, para o meu quarto. Tinha uma torta Cor-de-Rosa de pêssego com frutas vermelhas, mas não toquei nela. Percebi que minha mãe tinha chorado também. Ela disse que havia um motivo infeliz para eu não participar da peça. Nós não éramos como as outras pessoas da cidade. Sabíamos bem que não se deve zombar de uma bruxa. Depois minha mãe sussurrou o que uma bruxa poderia fazer com quem não desse a devida importância a ela. Poderia enfeitiçar a pessoa, exatamente o que fez com a nossa família mais de duzentos anos atrás. Por causa dessa maldição, ainda pagávamos o preço. Eu poderia escrever as minhas próprias peças e apresentá-las no sótão, inventando histórias, vestindo roupas velhas que encontrasse no baú de metal. Mas não poderia ridicularizar a Bruxa de Sidwell.

Minha mãe estava com um olhar que eu havia passado a conhecer. Quando ela tomava uma decisão, não tinha volta. Eu poderia pedir, implorar, mas ela não mudaria de ideia e ponto final.

Nós fizemos os cupcakes de maçã Cor-de-Rosa para servirem na festa após a peça, mas não assistimos à apresentação. Ficamos sentadas num banco da praça no centro de Sidwell enquanto o céu escurecia. Escutamos o sino acima da prefeitura quando ele bateu às 18h. Ouvimos um eco no momento em que o público aplaudiu a nova bruxa no começo da peça.

Acho que essa noite foi o começo da minha solidão, um sentimento que carreguei dobrado, um segredo que nunca poderia contar. A partir de então, não chorei mais quando ficava decepcionada. Apenas empilhava as minhas mágoas, como se fossem uma torre de estrelas caídas, invisível para a maioria das pessoas, mas queimando com o brilho dentro de mim.

Os novos vizinhos se mudaram para o Chalé da Pomba da Lamentação no fim da primavera, a época do ano em que o pomar se torna florido com uma névoa cor-de-rosa. Durante meses, carpinteiros martelavam e serravam no chalé, consertando telhas, retirando vidro quebrado e reformando a varanda tombada. Alguns do Grupo da Fofoca trabalhavam para os novos donos do Pomba da Lamentação e adoravam contar às pessoas no Armazém quanto cobravam dos recém-chegados pelas reformas. Era gente da cidade grande, pessoas de fora, então pagaram uma grana alta pelo telhado arrumado e por uma varanda que não entortasse. Achei que isso não era uma recepção muito boa, e percebi que o Sr. Stern achou o mesmo.

— Quando você é honesto com alguém, essa pessoa será honesta com você — disse ele aos homens que se juntaram perto do caixa, mas acho que só eu estava prestando atenção.

Nessa estação, eu sempre pego galhos floridos o suficiente para encher todos os nossos vasos, a fim de que o aroma das flores de macieira perfume a casa inteira, da cozinha até o sótão. Passo horas aconchegada no alto da minha árvore favorita, uma velha e retorcida que dizem ser a primeira macieira plantada em Sidwell. O tronco é nodoso e tem casca preta aveludada, e os galhos parecem braços. Leio livros e faço o dever de casa aqui em cima. Tiro sonecas sob uma cobertura de folhas. Nos meus sonhos, homens e mulheres sabem voar, e pássaros moram em casas e dormem em camas. Às vezes, as pombas fazem ninhos acima de mim. Ouço o arrulhar dos filhotes enquanto cochilo tranquilamente.

Eu me encontrava no alto da minha árvore favorita no dia em que ouvi o ruído da caminhonete de mudança pela estrada de terra além do nosso pomar, com um carro vindo atrás, trazendo nossos novos vizinhos para a nova casa deles. A poeira subiu em pequenos redemoinhos quando o veículo se aproximou, e da janela aberta do carro veio o som de meninas cantando.

Fiquei parada e apertei os olhos para enxergar melhor. Provavelmente é assim que se sente um pássaro olhando para as coisas estranhas que as pessoas fazem. Os recém-chegados tinham cômodos cheios de móveis de carvalho e tapetes peludos que tremeluziam de tão coloridos. Havia um pai e uma mãe que pareciam amigáveis, entrando na casa e saindo dela sem parar, e uma collie peluda que chamavam de Beau. A mais velha das duas irmãs se chamava Agate. Ela parecia ter uns 16 anos, com um cabelo loiro que ia até os ombros e uma risada que eu conseguia ouvir do outro lado do pomar. A outra, Julia, tinha a minha idade. Ela corria, catando do gramado as caixas que tinham o seu nome rabiscado em cima, onde o pessoal da mudança as deixara.

— Minha! — gritava ela ao carregar cada caixa recém-descoberta até a varanda.

A certa altura, tirou os sapatos de repente e fez uma dancinha na grama. A menina parecia saber se divertir, algo que eu precisava aprender. Não consegui deixar de pensar que, se eu fosse uma pessoa diferente, ia querer ser amiga dela. Mas uma amiga poderia querer vir à nossa casa, e, quando eu dissesse que não era possível, ela poderia querer saber por quê, então eu teria de mentir e sentiria a boca pinicando como sempre sentia quando não dizia a verdade.

Eu não podia contar sobre o meu irmão a ninguém, então não adiantava nada mesmo.

Ninguém sequer sabia que eu tinha um irmão, nem meus professores e colegas, nem mesmo o prefeito, que jurava conhecer cada pessoa em Sidwell. Eu vira o prefeito há não muito tempo, no Armazém, onde discutia o tempo e o futuro da Floresta Montgomery. Ele não se posicionara a favor ou contra o plano de derrubar a floresta para pôr casas e lojas no lugar dela, talvez até um shopping, embora não devesse ter gente suficiente em Sidwell para fazer compras lá. Ser indeciso era algo que parecia manter o prefeito no cargo. A última vez em que eu o vira na cidade, ele apertara minha mão e olhara nos meus olhos de maneira penetrante, depois, embora eu já o tivesse encontrado meia dúzia de vezes antes, insistiu que eu lhe dissesse meu nome e idade.

— Twig. Doze anos, e alta para a idade! Eu me lembrarei do seu rosto, nome e idade porque é isso o que um prefeito faz!

Mas todas as vezes que eu o vi depois disso, ele apertou os olhos, como se tentasse lembrar quem eu poderia ser. Eu não o culpava. Eu me considerava uma sombra, uma pegada que desapareceu na floresta, um galho que ninguém notava. Era melhor assim. Minha mãe sempre disse que a única maneira de ficarmos em Sidwell era vivendo nos cantos do cotidiano.

Eu me encontrava num canto tão escondido que era quase invisível.

Eu provavelmente nunca teria conhecido as irmãs Hall, e, se eu não tivesse caído da árvore e quebrado o braço, poderíamos ter continuado estranhas para sempre. Inclinei-me para a frente, apoiando num galho que partiu ao meio. Normalmente, teria sido mais cuidadosa, mas estava concentrada nos meus novos vizinhos, e o galho vacilante acabou por quebrar comigo em cima. Caí com força e rápido. Soltei um grito antes que pudesse me conter. A collie veio correndo, seguida pelas irmãs Hall. Lá estava eu, estatelada no chão, tão constrangida que só consegui gaguejar um olá.

Meu nome completo é Teresa Jane Fowler, mas todo mundo me chama de Twig, de tanto que fico subindo nas macieiras, embora agora eu não fosse mais subir em árvores, pelo menos por um tempo.

— Não se mexa! Nosso pai é médico — anunciou Agate, a irmã mais velha. Ela correu de volta ao chalé, deixando-me ali com a collie e a garota da minha idade.

Julia apresentou-se, e, quando eu disse que era Twig, da casa ao lado, ela assentiu com a cabeça, pensativa, e falou:

— Eu desejei que houvesse alguém da minha idade morando bem perto de nós e aconteceu!

Ela era morena, como eu, só que não tão alta. Eu me senti ainda pior por ter cortado meu cabelo tão curto. O dela era longo e liso, quase até a cintura. Parecíamos versões opostas uma da outra.

— Seu braço está doendo? — perguntou.

— Estou bem. — Eu não era de demonstrar meus sentimentos. — Perfeita, na verdade.

O rosto de Julia enrugou-se de preocupação.

— Eu quebrei o dedo do pé uma vez. Gritei tanto que fiquei sem voz.

— Eu estou bem mesmo. Acho que vou andando para casa agora. — Tentava parecer despreocupada, mas meu braço latejava. Quando fui me mexer, levei um susto. A dor atravessou o meu corpo.

— Tem certeza que está bem?

— Não estou nada bem — admiti.

— Grite. Vai se sentir melhor. Eu grito com você.

Nós gritamos e todas as pombas subiram ao céu. Elas ficaram tão bonitas acima de nós, como nuvens.

Julia estava certa. Eu me senti melhor, sim.

O Dr. Hall veio correndo e me examinou ali mesmo na grama. Ele era alto e usava óculos. Ficou óbvio que tinha muita prática em fazer as pessoas se sentirem melhor, mesmo quando estavam sentindo dor.

Gostei dele de imediato. Parecia muito entendido, mas não preocupado em excesso, como minha mãe ficava sempre que algo dava errado. Ela entrava em pânico com a ideia de pedir ajuda, mas o Dr. Hall fazia com que ajudar alguém parecesse a coisa mais natural do mundo.

— Vamos cuidar disso num piscar de olhos — garantiu-me ele. Seus olhos eram de um azul vivo e o cabelo, um pouco grisalho. — Consegue mexer os dedos como uma aranha em cima da mesa? — Quando consegui, ele disse: — Perfeito!

— Você mesma disse que estava perfeita. — Julia abriu um sorrisão para mim.

— Bom, não em todos os sentidos. Só para subir em árvores. Ou pelo menos eu era.

— E levantar o braço? — perguntou o Dr. Hall. — Está perfeita nisso?

Tentei levantar o braço e recuei. Era como se tivesse levado um choque elétrico.

O Dr. Hall me disse que eu provavelmente estava com uma pequena fratura. Teria de fazer uma radiografia do braço e depois, muito provavelmente, engessá-lo. O pessoal do hospital ia precisar da autorização da minha mãe. Passei a ele o número do nosso telefone, mas, quando ele ligou, ninguém atendeu. Minha mãe devia estar na "cozinha de verão", uma cozinha que se localizava ao lado da casa, onde havia dois fornos enormes. A prensa de sidra ficava lá fora, e nós geralmente estocávamos cestas de maçãs que duravam o inverno inteiro. Minha mãe não levava o telefone com ela para dar atenção total à preparação dos alimentos. O Dr. Hall deixou uma mensagem pedindo-lhe que ligasse para o hospital assim que possível, e que nos encontrasse no pronto-socorro. "Não é preciso se preocupar", ele a tranquilizara na mensagem. "Nada que não possa ser resolvido."

— Vamos — chamou ele a todas. — O tempo não espera os ossos quebrados. Agora é correr para o hospital.

A família toda se amontoou no carro, inclusive a Sra. Hall, muito reconfortante, que disse:

— Pode me chamar de Caroline. Nada de cerimônia comigo. — Ela tinha cabelo escuro, curto como o meu, mas não parecia uma fadinha, apenas fashion, como se tivesse saído de um filme e entrado em Sidwell.

Eles me levaram ao hospital, com o cachorro, Beau, junto no passeio. Olhei pela janela, com medo de falar demais. Eles batiam papo, uma família de verdade, e talvez eu tenha sentido um pouco de inveja. Sempre desejei que a minha família fizesse até mesmo as coisas mais simples junta. Fazer um passeio de carro todos juntos que fosse era algo extraordinário para mim.

Quando passamos pelo Armazém, notei algo que não se vê todos os dias em Sidwell: uma pichação num muro de tijolos. Precisei apertar os olhos para ter certeza de que estava enxergando direito. Havia uma boca pintada com dentes afiados, todos irregulares e ameaçadores. As palavras enormes e tremidas embaixo eram:

NÃO LEVE A NOSSA CASA EMBORA.

A imagem era tão triste e raivosa que senti um arrepio subir pela espinha. Alguns membros do Grupo da Fofoca estavam lá, examinando a pintura, e não pareciam gostar muito. Achei que o Sr. Stern estava prestes a desmaiar quando viu sua loja vandalizada, e me perguntei quem em Sidwell teria a coragem de pintar aquela mensagem. Fiquei aliviada pelo fato de os Hall não notarem nada disso.

No hospital, todos pareciam conhecer o Dr. Hall. Fomos encaminhados às pressas para o pronto-socorro porque minha mãe já havia ligado para autorizar meu tratamento. Ela estava a caminho. Eu tinha certeza de que se sentia preocupada ao extremo. Julia sentou-se comigo enquanto a ortopedista me examinava. Tirei radiografias, depois a médica pôs o gesso no meu braço. Quando terminou, esperamos o gesso secar, batendo nele para acompanhar o progresso.

Julia foi a primeira a assinar o meu gesso, com uma canetinha roxa que estava na sua mochila. *Para a minha amiga, a escaladora de árvores, de Julia Hall.* Depois Agate veio assinar também. Ela cheirava a colônia de jasmim. Julia sussurrou que sua irmã sempre usava esse perfume. Agate empurrou para trás os longos cabelos claros e escreveu *Agate Early Hall, sua vizinha*, com uma letra miúda e bonita.

Nós três estávamos tomando chocolate quente comprado na máquina de bebidas quando minha mãe veio me buscar. Ela saíra de casa assim que ouviu a mensagem e chegou usando uma capa de chuva sobre as velhas roupas de fazer bolo, que apresentavam respingos de farinha e canela. Ela vestira as galochas de borracha que usava nos dias de chuva. Como ainda não era época das maçãs, minha mãe estava no meio da confecção de tortas de morango com ruibarbo. Suas mãos apresentavam um tom rosa, e o rosto tinha manchas brancas de farinha. Apesar da expressão cheia de preocupação, ainda era a mãe mais bonita da cidade.

Ela não parava de agradecer ao Dr. Hall e esposa, insistindo em lhes levar uma torta para expressar sua gratidão. Abraçou-me com força, e eu a abracei com meu braço bom, garantindo-lhe que me sentia bem. Ou, pelo menos, que logo me sentiria.

— Ela está perfeita — disse Julia. Dei um sorrisão para ela, porque estar perfeita era agora uma piada interna só de nós duas.

Minha mãe quis ver com os próprios olhos. Aproximou-se para examinar o gesso. Achei que fosse dizer que estava decepcionada comigo por expor aos nossos vizinhos a nossa situação, mas, em vez disso, ela franziu a testa ao ver os nomes assinados. Julia disse "oi", apresentou-se e começou a dizer que gostou muito de Sidwell, mas minha mãe não parecia ouvir nada. Ela estava com o olhar fixo na bela Agate.

— Agnes Early — disse ela com frieza.

Eu nunca a ouvira falar nesse tom. Havia pintas vermelhas no rosto da minha mãe. Ela apertava os olhos com desconfiança.

— É Agate. — A menina pulou a parte do meio do seu nome, muito provavelmente por causa da expressão sombria de minha mãe.

Ela recolheu os meus pertences e me puxou na direção da porta.

— Temos que ir — disse de um jeito que não fez sentido. — Agora.

— Obrigada! — falei para Agate e Julia, que pareciam confusas com a nossa saída às pressas. Passamos reto pelo Dr. e a Sra. Hall no corredor como se nem os conhecêssemos, sendo que, na verdade, eles haviam praticamente me salvado.

— Esperamos vê-las em breve! — gritou a Sra. Hall. — Talvez para o jantar!

Minha mãe acenou, mas não respondeu, nem para dizer *Ótimo, adoraríamos,* nem para dizer a verdade, *Não, nós nunca aceitamos convites.* Entramos no elevador e permanecemos em silêncio enquanto as portas se fecharam atrás de nós.

No estacionamento, Beau latiu para mim de trás do carro dos Hall e abanou a cauda, mas já tínhamos entrado no carro da minha mãe e saímos rápido dali, de volta à estrada.

Nessa noite, recebi a ordem de nunca mais voltar ao Chalé da Pomba da Lamentação. Meu braço fora quebrado, minha mãe disse num tom significativo. Quem sabia o que poderia acontecer depois?

— Aquela casa traz má sorte à nossa família — anunciou ela. — E, provavelmente, aquelas pessoas também.

— Mas eles são muito legais. E Julia já me convidou. Se eu não for, vai pensar que sou esnobe.

— Eu queria que fosse diferente, Twig, mas as nossas famílias nunca poderão ter relação alguma uma com a outra. — Minha mãe ficou observando o meu braço. — Espero que você não veja essas meninas de novo. Elas são parentes de Agnes Early.

Essa era a Bruxa de Sidwell, que morara no Chalé da Pomba da Lamentação, a parente de quem Agate recebera o nome.

A que lançara uma maldição sobre a nossa família mais de cem anos atrás.

CAPÍTULO DOIS

A distância entre nós

O quarto do meu irmão James ficava no sótão. Ele já tinha quase 16 anos, quatro a mais que eu. Deveria estar no primeiro ano do ensino médio, mas estudou em casa com a minha mãe a vida toda. Era mais inteligente que qualquer pessoa que eu conhecia. Aprendera francês, espanhol e latim sozinho, e já estava no nível do ensino superior na maioria dos cursos que fazia. Lera todos os livros da biblioteca do meu avô. Sabia que eu adorava peças de teatro, e às vezes, para me entreter, recitava falas de *Hamlet* em alta velocidade, cada vez mais rápido, até nós dois cairmos no chão de tanto rir. Quando minha mãe não pôde mais ensinar matemática e ciências a meu irmão porque ele superara de longe os conhecimentos dela nessas áreas, ela comprou um computador para que ele fizesse cursos on-line na universidade.

James era brilhante e engraçado, e não fazia ideia de como era bonito. Acho que nunca se olhou num espelho. Nunca acreditou em mim quando eu dizia que, se ele fosse para o Colégio de Sidwell, as garotas o seguiriam pelos corredores.

— Claro, Twig — dizia, e, se eu tentasse discutir com ele, apenas balançava a cabeça e falava: — De jeito nenhum.

Então eu simplesmente desisti de tentar convencê-lo de que, na nossa família, ele herdara toda a beleza. Meu irmão tinha cabelos castanhos longos e olhos castanhos que mudavam de cor de acordo com o seu humor — verde quando estava feliz, cinza quando mal-humorado, a maior parte do tempo, e pretos quando as coisas davam errado para valer. Era alto, leal e tinha um sorriso que chegava de mansinho e pegava de surpresa, fazendo com que fosse perdoado por quase tudo.

James deveria ter entrado no time de futebol americano de tão forte que era, ou no grupo de teatro, de tão bonito, ou ainda se tornado campeão de tênis por sua rapidez e coordenação. Era tão injusto ele não fazer nenhuma dessas coisas que eu me sentia furiosa só de pensar. Eu esbravejava e fazia discursos inflamados, e dizia que deveríamos fugir para a floresta como as pessoas faziam nos contos de fadas, andando em meio às árvores à procura de um tesouro. James me escutava, depois dizia que o mundo não era justo, e que não podíamos simplesmente fugir da nossa vida. Se todo mundo tivesse o que merecia, não haveria fome, tristeza, e com certeza não haveria ninguém como ele, um menino que ficara preso para o seu próprio bem.

Os homens da família Fowler carregam a mesma maldição desde que Agnes Early lançou um feitiço naquele com quem ela pretendia se casar. Esse homem era o meu tataravô, Lowell.

Eu não sabia o que ele fez para magoá-la tanto, mas sabia dos efeitos na nossa família. Esse era o segredo que guardávamos, o que nos separava de todos os outros. Agnes Early lançou seu feitiço e, desde então, os homens da nossa família têm asas.

Você pode até imaginar que seria incrível saber voar. E, de certa forma, era.

James me contou que voara entre flocos de neve, percorrera distâncias pelas quais nenhum homem poderia caminhar num único dia. Sentara-se em nuvens e fora coberto por névoas. Logo de cara, aprendera a linguagem dos pássaros, e, quando os chamava, eles respondiam.

— Estão dizendo que vai chover hoje à noite — me informava James quando gaios azuis passavam voando. — Eles sabem quando partir da Nova Inglaterra — dizia a respeito dos gansos que voavam no céu. — Estão a caminho da Flórida. Seguirão pela costa até chegarem a Carolina do Norte. — Os olhos do meu irmão brilhavam. — Imagine voar toda essa distância. Isso é liberdade.

Era um milagre viver como os pássaros, a não ser por uma coisa: qualquer pessoa que fosse vista voando seria, com certeza, capturada; talvez fosse derrubada com um tiro, como um corvo sobrevoando um milharal. Sempre é perigoso ser diferente, parecer um monstro aos olhos das pessoas, mesmo de longe. Era por isso que nossa mãe não queria que James fosse descoberto e por isso o proibira de voar.

Ninguém da cidade sabia sequer que meu irmão existia. Só sabiam que Sophie Fowler voltara de Nova York com uma filha, e essa filha era eu. Minha mãe sempre disse que todo o nosso sigilo era para proteger James, mas às vezes eu me perguntava se proteger alguém poderia também arruinar a vida da pessoa.

Ele não podia sair nunca, e construíra uma academia para ficar em forma. Eu comprara a maior parte dos materiais no Armazém, um pouco de cada vez, com dinheiro economizado das nossas mesadas. De qualquer modo, não tínhamos muito no que gastar mesmo.

— Ei, Twig — me chamara um dos homens do Grupo da Fofoca na última vez em que fui comprar ferramentas e corda. — O que está construindo? Armadilha para urso?

Os homens acharam isso muito engraçado. Paguei a corda, o martelo e os pregos, e não disse nada, mas por dentro estava fervendo. Quando ficaram me provocando, perguntando se eu perseguia um urso, ou talvez um elefante, falei sem pensar:

— Pensei em pegar o Monstro de Sidwell.

Os homens ficaram quietos, mas, pelos olhares, percebi que deveria tomar cuidado. O monstro não era nenhuma brincadeira para eles. Eu sabia que alguns achavam que deveria haver uma caçada oficial ao monstro agora que a criatura se tornara ousada a ponto de levar as camisas dos varais e beber garrafas de leite que eram entregues pelos fundos da escola. Ouvi dizer que alguns cidadãos de Sidwell achavam que o monstro estava por trás da pichação na loja do Sr. Stern. Eu sabia que não era verdade, mas claro que o Grupo da Fofoca pensava diferente.

— Não é má ideia, Twig — disse um homem chamado Jack Bellows. Era um dos carpinteiros que trabalhavam no Chalé da Pomba da Lamentação. — Agora que ele está roubando coisas, quem sabe o que fará em seguida? Talvez comece a entrar nas nossas casas para levar o que lhe der vontade. Talvez, quando abrirmos os olhos, lá esteja ele, parado ao lado da nossa cama. O que faremos então?

Os homens começaram a resmungar sobre planos de caçar o monstro no verão. Não gostei do que estava ouvindo. Parecia um monte de medo e preconceito.

— Na verdade, vou fazer uma megacorda de pular — disse eu. — Não acredito em monstros.

Isso acalmou as coisas. Se uma menina de 12 anos não estava com medo, um grupo de homens crescidos pareceria muito bobo por se abalar com algo que ninguém nunca vira nem ouvira.

— Não pule tão alto para não bater na Lua — disse o Sr. Stern quando eu ia saindo.

Então eu sorri.

— Não pularei.

Eu gostava do Sr. Stern. Ele sempre dizia que o motivo pelo qual as tortas e os bolos da minha mãe eram os mais vendidos da sua loja era ela ser a melhor cozinheira da Nova Inglaterra, talvez até a melhor do país.

Meu irmão levou dois meses para montar a academia e, quando acabou, estava à altura de um acrobata de circo. Ele treinava durante horas nos aros e no trapézio, andando num fio tão fino que parecia caminhando no ar.

— E aí — dizia ele quando eu subia ao sótão.

— E aí — respondia eu com um sorrisão.

Estávamos sempre ao lado um do outro, leais em todos os momentos. Eu nunca disse nada à minha mãe, apesar de saber que James saía escondido à noite. Sempre depois de escurecer, quando a floresta encontrava-se mais repleta de magia, quando havia vaga-lumes e a bruma subia dos riachos. Existia um outro segredo nosso, que eu jamais contaria: ele às vezes me levava junto. Acho que nossa mãe surtaria se descobrisse que eu sabia como era disparar entre pingos de chuva, seguir as garças acima da superfície do lago, subir acima da cidade de Sidwell quando todas as cortinas estavam fechadas e o sino da prefeitura tocava tão longe abaixo de nós que parecia de brinquedo.

Começou quando eu tinha 5 anos, logo depois que minha mãe me tirou da peça. Eu sempre pedira e implorara ao meu irmão, e, quando ele viu como eu me sentia frustrada por não ser a Bruxa de Sidwell, finalmente cedeu. Acho que ele sempre quis compartilhar como a Terra era bela e azul vista do alto.

Naquela primeira vez, agarrei-me a ele e fechei os olhos. Tive de me segurar para não gritar quando ele saltou para o céu estrelado, mas, no momento em que abri os olhos, conheci o segredo que meu irmão carregava com ele, a surpresa de voar pelas nuvens, deslizar acima das árvores, passando pelo labirinto da floresta, contando estrelas que cintilavam ao nosso redor.

Às vezes, éramos seguidos por bandos inteiros de pássaros. As dezenas de filhotes de aves que James criara o haviam reconhecido como um irmão também, um pássaro grande e estranho com rosto humano que sabia falar a língua deles. Na época, James estava cuidando de um filhote de coruja que machucara a asa numa queda do ninho. A coruja ficava no seu ombro e comia cereais dos seus dedos. James lhe dera o nome de Raio porque seus olhos grandes e amarelos assemelhavam-se aos raios de uma lanterna. A asa de Raio ainda não estava curada, então, na maior parte do tempo, ele andava saltitando. Tinha um jeito de inclinar a cabeça que dava a impressão de entender tudo que lhe diziam.

Num de nossos voos, James me mostrara onde as corujas de Sidwell podiam ser encontradas na Floresta de Montgomery. Sempre volto lá quando vou caminhar. Eu pio e chamo, e às vezes observo uma coruja de uma árvore mais alta. Nossas corujas eram chamadas corujas-serra-afiada. São pequenas como melros e geralmente se escondem nas folhagens quando veem pessoas por perto, mas meu irmão era diferente, e as corujas sabiam. Confiavam nele e, talvez por causa disso, começaram a confiar em mim.

— Elas são únicas — explicara meu irmão. — Eu nunca vira corujas assim em nenhuma enciclopédia. — Eram todas pretas como corvos. — As outras corujas-serra-afiada eram marrons. Deve ser uma mutação genética.

Parecia que algumas coisas só podiam ser encontradas em Sidwell. Maçãs Cor-de-Rosa, corujas pretas e meu irmão, James.

Quando cheguei em casa do hospital, ergui o braço para que James visse meu gesso. Ele estava equilibrado num dos aros aéreos que instalara há pouco tempo. Meu irmão dominava tanto o trapézio que o Armazém não tinha tudo do que precisava, e eu encomendara equipamentos novos em lojas de materiais circenses.

A expressão de James mudou quando viu que eu me machucara, e ele desceu ao chão.

— Alguém machucou você? — James sempre foi extremamente protetor. Contei a ele que as crianças às vezes me atormentavam, usando meu apelido contra mim. *Magra feito galho, alta feito galho, burra feito galho.* Nada de muito original. Ainda assim, magoava, mas isso foi há muito tempo, quando eu estava no ensino fundamental. Agora as pessoas simplesmente me ignoravam. Não valia a pena perder tempo me provocando.

— Não é grave. E me machuquei sozinha. Caí de uma árvore.

— Eu deveria ter visto. Poderia ter pegado você.

— Bom, para a minha sorte, as irmãs Hall estavam lá.

James ficou imediatamente curioso.

— As novas vizinhas?

Assenti.

— Elas meio que me resgataram. Julia é da minha idade. Agate é mais velha. Quase da sua idade. Tem cabelo loiro e perfume de jasmim, e só se veste de preto.

Percebi que falara demais. Parei de tagarelar sobre as meninas. Eu fizera James lembrar o quanto ele era solitário. Meu irmão não parava de fazer perguntas, querendo saber mais sobre elas, especialmente sobre Agate. Em que ano ela estava, de onde era, qual o perfume que usava. Como ele estava com uma expressão distante, não lhe contei tudo. Eu sabia que só o faria sentir-se pior. Pulei a parte de como Agate era bonita e me mantive nas histórias de como o quintal deles estava bagunçado, como Beau era esperto, porque eu sabia que James sempre quisera um cachorro. Ainda assim, ele invariavelmente voltava a fazer perguntas sobre Agate. Talvez tivesse uma garota ideal com quem sonhava e pensasse que ela fosse a realização desse sonho.

— Eu queria — começou James. Então parou. Não precisava dizer. Eu sabia que ele queria ser como todas as outras pessoas. Um garoto capaz de visitar a menina que morava na casa ao lado e ver com os próprios olhos como ela era. — Querer é inútil — murmurou meu irmão ao virar de costas.

Ouvi um ressentimento que não estivera lá antes. Algo mudava dentro dele. Estava cansado de seguir as regras. Eu conseguia ver nos seus olhos, cinza como uma tempestade.

James tinha uma teoria sobre pássaros engaiolados, a qual ele esperava provar quando, um dia, se tornasse cientista. Acreditava que todos os pássaros que perdiam a liberdade acabavam também perdendo a voz. Quando isso acontecia, nunca mais encontravam seu verdadeiro canto.

Nos últimos meses, perguntei-me se isso estava acontecendo com James. Uma espécie de falta de esperança se assentara e se colocara entre nós. Quando pedi a ele que me levasse à floresta, respondeu que estava muito cansado, mas o ouvi sair à noite várias vezes. Ficou claro que não queria mais a minha companhia. Sempre jogávamos jogos de tabuleiro depois da janta. Agora ele dizia que preferia ficar sozinho. Estava se retirando. Acho que se tornava mais difícil para ele aceitar seu destino.

Como um pássaro na gaiola, ele ficou em silêncio.

Enquanto eu e minha mãe seguíamos com a nossa vida, às vezes esquecíamos que ele estava lá. Quando mais novo, James perguntava à minha mãe quando iria para a escola como todo mundo, quando poderia ir à cidade e, é claro, fazia a pergunta na qual eu também pensava: Quando veríamos nosso pai? James parara de perguntar havia muito tempo, e agora eu estava com medo de que ele tivesse desistido. De vez em quando, eu subia ao sótão para pedir a ele que fizesse um discurso acelerado de Shakespeare. Eu pedia, implorava, até ele ceder. *Ser ou não ser*, começava. *É mais nobre sofrer na mente as pedras e flechas do destino ultrajante ou lutar contra um mar de conflitos?* Ele falava tão rápido que as palavras ficavam grudadas, e não demorava estávamos os dois rindo. Era um alívio ouvir James rir de novo, e um alívio ainda maior saber que, depois de tanto tempo enjaulado, ele ainda não perdera a voz.

Eu gostava de ir andando para a escola porque me dava tempo para pensar. Você pode imaginar que passo bastante tempo sozinha, mas, por algum motivo, na floresta era diferente. Eu me sentia em casa cercada pelas criaturas que viviam ali. Havia tâmias, codornas e um monte de ratos-do-campo. Nenhum estranho, nenhum monstro, só beleza a meu redor. Eu subia num penhasco e olhava para Sidwell. Era a perfeita cidade da Nova Inglaterra, com uma magia toda própria. Às vezes, parecia que estávamos separados do resto do mundo e que o próprio tempo passava diferente aqui. Se fosse possível encontrar o encantamento em algum lugar, com certeza seria em Berkshires, onde a floresta era muito verde e profunda, e uma bruma subia dos riachos que iam e voltavam pelos campos de modo que mesmo nós, que não tínhamos asas, sentíamos como se caminhássemos pelas nuvens.

Atravessei a floresta até chegar ao fim da Estrada da Velha Montanha. Depois, andei pelo asfalto com o sol batendo nos ombros. Sempre que ouvia um carro vindo atrás de mim, pulava para a grama alta e esperava o motorista passar. Fazia isso com cuidado, porque uma vez quase pisei em três filhotes de rato-do-campo à espera da mãe com o café da manhã.

Na segunda-feira depois de quebrar o braço, ouvi uma buzina amigável enquanto andava. Quando me virei, lá estava o carro dos Hall. A Sra. Hall — eu ainda não conseguia chamá-la de Caroline — e as meninas acenaram. Elas eram chiques demais para Sidwell, porém muito afetuosas e animadas, como se o resgate após a minha queda tivesse nos tornado amigas para sempre. Assim que pensei na palavra *amigas*, fiquei tonta. Meu coração bateu forte. Acho que permaneci ao lado da estrada como um cervo quando se assusta com uma vida humana que aparece de repente.

Julia baixou a janela.

— Sua carruagem chegou. Suba.

Hesitei. Eu queria ir para a escola de carro com as irmãs Hall. Talvez isso me tornasse menos isolada. Talvez eu até passasse a dizer que era Teresa e não Twig. Mas eu sabia que minha mãe não aprovaria. Nenhum convite poderia ser aceito, de ninguém. E com toda certeza não deveria haver nenhum contato com a família da bruxa, sob quaisquer circunstâncias, não depois do que nos aconteceu duzentos anos atrás.

— Acho que estou precisando fazer exercício. — Como se andar três quilômetros até a escola fosse uma maratona. — Obrigada assim mesmo.

Segui andando, mais devagar que de costume. Era minha única chance de ter uma amiga, e eu a desperdiçara. O carro acompanhou o meu ritmo.

— Como está o seu braço quebrado? — gritou Julia.

— Ainda quebrado!

— Bom, você parece estar uma maravilha! — Agate entrou na conversa.

— Demais — concordou a Sra. Hall atrás do volante.

— Perfeita. — Julia abriu um sorriso.

Nossa piada me animou. Eu sentia vergonha de ir para a escola com o gesso, achando que parecia ainda mais pateta que de costume, mas as Hall me fizeram esquecer isso. O gesso não era mesmo tão ruim. O carro parou e as portas se abriram. Agate e Julia abraçaram a mãe dando tchau, depois vieram correndo para se juntar a mim.

— Precisamos fazer exercício também — disse Agate. — Estamos muito preguiçosas.

— Estamos aqui para mudar de vida — acrescentou Julia.

— Então também podemos começar andando.

Fomos a passos leves e rápidos, de braços dados. No começo, fiquei com medo de que minha mãe passasse de carro a caminho da mercearia e me visse com as meninas, mas, depois de um tempo, parei de me preocupar. Eu não me encontrava no Chalé da Pomba da Lamentação, mas numa via pública, que estava ali para qualquer pessoa andar nela, inclusive as irmãs Hall, e eu.

— Estávamos esperando tanto encontrar você e encontramos! — disse Julia. — As coisas simplesmente meio que acontecem aqui em Sidwell, não é? Como mágica.

— Como se estivessem destinadas a acontecer — concordei.

— Como se fossem perfeitas — Julia e eu dissemos ao mesmo tempo.

— Vocês duas são iguaizinhas. — Agate deu um grande sorriso. — O que é tão engraçado na palavra "perfeito"?

— Nada. — Julia sorriu para mim. Ela usava uma camiseta vermelha com a frase *Eu sou quem eu sou* em letras pretas, calça jeans desbotada e tênis preto e branco de estilo retrô. Eu vestia minha calça jeans favorita e uma camiseta branca que meu irmão encomendara para o meu aniversário. Estava escrito *Corujas Arrasam* com letras espiraladas, e tinha uma coruja preta de silk-screen enfeitando a parte da frente e de trás. Estávamos praticamente vestidas como irmãs gêmeas, com exceção da camiseta. A dela era preta e vermelha, a minha, preta e branca. Agate, por outro lado, encontrava-se numa elegância surpreendente, especialmente para uma cidadezinha como Sidwell. Seu cabelo claro estava preso para trás com uma faixa de veludo, e ela usava um vestido preto e sapatilhas de balé. Certamente não se parecia com ninguém da nossa escola. Quando Julia me viu olhando para as roupas da irmã, contou-me que Agate desenhava e costurava tudo que usava.

— Um dia, ela será famosa — sussurrou Julia. — E servirei de modelo para todas as roupas dela. Quando não estiver ocupada eu mesma sendo artista.

— Onde vocês moravam antes? — perguntei às irmãs, achando que a resposta poderia ser Paris ou Roma.

— Brooklyn — respondeu Agate.

Isso explicava a elegância dela e da Sra. Hall. Eram nova-iorquinas, algo que eu sempre meio que me considerei ser. Afinal, eu nascera lá.

— Nosso pai conseguiu um emprego no Hospital de Sidwell. Por isso estamos aqui. Ele é o cirurgião-chefe — disse Agate, com orgulho.

— Não é por isso que estamos aqui — acrescentou Julia. — É por minha causa.

— Não é, não. — Agate deu um leve empurrão na irmã, mas sua expressão revelava preocupação.

— Não é verdade, e você sabe. Eu odiava nossa antiga escola. Ninguém gostava de mim.

— Quem poderia não gostar de você? — perguntei.

Julia me olhou com gratidão.

— Sou ruim em esportes — admitiu ela. — Na minha antiga escola, isso dava a algumas pessoas um bom motivo para me rejeitar. Sempre que formavam um time, eu era a última a ser escolhida, mas eu não os culpo. Só acho que não precisavam ser tão más nesse ponto.

— Pessoas más são insignificantes — afirmou Agate. — Já te disse cem vezes.

Eu estava acostumada com as pessoas agindo como se eu não existisse, mas não conseguia acreditar que alguém pudesse ser cruel de propósito com Julia. Era tão fácil gostar dela.

— Isso não vai acontecer aqui — falei. Sidwell era um lugar bastante amigável. Amigável até demais, minha mãe sempre alertava, para pessoas como nós.

Enquanto caminhávamos até a escola, fiquei pensando que, se Julia queria um novo começo, deveria ficar longe de mim. Todo mundo em Sidwell sabia que eu não ia à casa de ninguém, e que ninguém ia à minha. Todos sabiam que eu não ia a festas nem a bailes nem ao Cinema da Avenida Principal como todo mundo nas tardes de sábado, embora eu morresse de vontade de ver alguns dos filmes de que eu ouvia as pessoas falarem. A essa altura, meus colegas haviam percebido que eu era a mais forte candidata a ser ignorada. Eu não era apenas não popular, mas também o reflexo de uma menina que as pessoas viam, mas nunca notavam de fato. "Ah, oi, Twig", alguém poderia dizer de um jeito meio surpreso quando me encontrava por acaso, como se tivesse tropeçado na raiz de uma árvore ou num vaso com uma planta velha. Júlia sem dúvida teria mais sorte se não fosse vista comigo. A verdade é que eu não queria que ela descobrisse o nada que eu era.

Quando chegamos à escola, avisei que precisava me encontrar com uma professora e saí correndo. Não queria dar azar a Júlia e Agate pela relação delas comigo. Olhei para trás e disse:

— Boa sorte!

E agi como se não escutasse Júlia gritar:

— Espera!

Apenas continuei andando.

Avistei as irmãs Hall algumas vezes durante o dia, sempre cercadas por uma aglomeração. Não me surpreendi. Sidwell era uma cidade tão pequena que qualquer pessoa nova já era interessante, especialmente se fosse tão especial como Agate ou tão engraçada e simpática como Júlia. Elas conseguiram o que queriam já no primeiro dia de aula: uma vida nova cheia de amigos. Exatamente o que eu sempre quis.

Como de costume, ninguém prestou atenção em mim. A única que perguntou o que acontecera com meu braço foi a professora de inglês, a Sra. Farrell, que tinha uma admiração tão imensa por *Morro dos Ventos Uivantes* a ponto de dar à sua gata o nome de Emily Brontë. A Sra. Farrell sempre fora legal comigo, e acho que sentia um pouco de pena de mim por eu estar sempre sozinha. Ela assinou o meu gesso: *Melhoras para uma ótima aluna! Da Sra. Farrell e de Emily Brontë.*

Por sorte, o meu braço ruim era o esquerdo, então consegui fazer as atividades da escola. Fiquei feliz por Agate e Julia tornarem-se populares de imediato. Eu não gostaria de estragar isso. Tentei não atrapalhar. É fácil permanecer na sua quando você já fica para trás normalmente, sempre se senta na última fileira e anda pelos cantos como se fosse uma alma penada.

Em vez de voltar para casa a pé pela estrada, onde as irmãs Hall poderiam me alcançar, fui pela Floresta Montgomery. As pessoas dizem que ainda existem ursos em Sidwell, mas eu nunca deparara com um. Avistara texugos, gambás e raposas, e encontrara toupeiras, que eram mais tímidas que eu, além de escandalosos perus. Devo ter parecido um galho para eles também porque todos me ignoraram.

Apesar de os Montgomery terem comprado uma parte enorme da floresta, além do imóvel antigo em que passavam as férias às vezes, ela continuava desabitada por todos os lados, nada diferente do que fora centenas de anos antes. Feixes de luz do sol amarelo-limão passavam entre os ramos. Havia samambaias e repolhos crescendo nos lugares pantanosos, trechos de terra alagada de um verde tão escuro que pareciam pretos. Encontrei alguns arbustos com galhos finos de fada cheios de framboesas silvestres que amadureceram antes da estação. Peguei algumas para dar a James e guardei-as nos bolsos no caminho de volta. Fiz uma manobra em volta da área dos ninhos de coruja.

Foi aí que vi mais pichação. Estava num pedregulho enorme que provavelmente se localizava no mesmo local desde a Era Glacial. Era a mesma tinta azul de spray que eu notara na cidade, no muro do Armazém, com os mesmos dentes afiados de monstro, e as mesmas palavras: *NÃO LEVE A NOSSA CASA EMBORA.*

Corri o resto do caminho, o mais rápido que pude, o que no meu caso era bem rápido. Framboesas caíram dos meus bolsos, mas não me importei. Corri entre samambaias e passei por orquídeas de truta e rosas cor-de-rosa silvestres que nascem por todo lado em Sidwell. Embora soubesse que não existiam monstros, com certeza, havia alguém na floresta, alguém que não desejava ser visto e que queria afastar as pessoas. Corri dali tão rápido que poderia ter entrado no time de corrida da escola; isso se eu entrasse em alguma coisa. Senti o mesmo calafrio de quando vi a pichação azul na cidade. Quase como se alguém estivesse escrevendo uma mensagem para mim.

Não fiquei esperando para ver se alguém queria me dizer alguma coisa. E não parei até conseguir enxergar a estrada.

Minha mãe fez uma torta para agradecer aos Hall por terem cuidado tão bem de mim quando quebrei o braço. Ela prometera, e sempre cumpria com a palavra.

— Mas como vou entregar? — Ela franziu a testa, e, ainda assim, continuava bonita. — Se eu for até lá, podem me convidar para entrar e tomar um café, ou perguntar quantos filhos tenho. Não quero mentir e não posso contar a verdade. — Ela sentou-se à mesa da cozinha, consternada, tentando ao máximo tomar uma decisão sobre como agir em seguida. Fazia tanto tempo que ela tivera qualquer relação com estranhos que esquecera como agir com pessoas. Sentia-se confusa e nervosa por causa de uma torta.

Tentei tranquilizá-la.

— Você poderia só dizer olá, obrigada e até logo.

Minha mãe riu, mas balançou a cabeça.

— Eu estaria abrindo as portas para ser uma vizinha amigável. Você sabe que não posso fazer isso. Uma coisa levaria à outra, e, quando víssemos, estariam nos convidando para o jantar e se perguntando por que nunca os convidamos para vir aqui.

Eu não conseguia evitar, estava curiosa em relação aos Hall. Queria saber se Júlia ainda seria minha amiga após tanta gente se juntar em volta dela na escola. Talvez ela já tivesse encontrado alguém melhor para ser sua amiga. Desanimei diante da ideia, embora talvez eu mesma tivesse causado isso ao desaparecer na escola.

Minha mãe não ficou feliz quando sugeri que eu poderia levar a torta, mas, depois que jurei ser capaz de correr muito rápido, deixar a torta na varanda e depois sair a alta velocidade, ela concordou.

— Faz de conta que sou uma ladra ao contrário — disse.

Minha mãe colocou o braço em volta de mim.

— Você é a minha menina querida e atenciosa — falou ela. — E com certeza não é ladra.

No entanto, alguém em Sidwell era. Enquanto andava pelo pomar, pensei em todas as coisas que haviam desaparecido na cidade. Ouvi uma das bibliotecárias da cidade contar à Sra. Farrell que pegaram uma lanterna do seu carro numa manhã de domingo, e um carpinteiro na frente do Armazém dizer ao seu camarada que uma caixa de pregos fora surrupiada da caçamba do seu caminhão no Memorial Day.

Se eu deixasse a torta na varanda dos Hall, ela ainda estaria lá quando eles saíssem?

Cheguei ao Chalé da Pomba da Lamentação num piscar de olhos. Havia muitos caminhões de operários na entrada para carros. Estava uma confusão, e para mim já era normal entrar e sair dos lugares sem ser vista, então tentei ser o mais discreta possível. Porém, assim que saí do meio das árvores, Beau começou a latir feito louco, depois veio correndo na minha direção. Eu ri quando o cachorro trombou comigo, querendo que eu fizesse carinho, mesmo sem eu estar com uma mão livre. Quase larguei a torta, mas consegui equilibrá-la antes que caísse.

— Boa! — gritou a Sra. Hall.

Ela estava no jardim, se é que poderia chamar aquilo de jardim. Era uma área grande, cheia de espinheiros e ervas daninhas, dentro de uma cerca de madeira caindo aos pedaços. A Sra. Hall usava um chapéu de palha e luvas pesadas. Acenou, depois mostrou uma tigela. Era cerâmica amarela, do tipo que eu vira na sala da história de Sidwell na prefeitura.

— Acabei de desenterrar. Não é uma beleza? Está quase intacta.

— Acho que é do tipo que os colonizadores usavam — disse a ela. — Deve ter uns 200 anos.

Eu passara bastante tempo na sala de história. A Srta. Larch era a bibliotecária que ficava lá. Ela sempre brincava que tinha 100 anos de idade e, portanto, sabia mais de história do que qualquer pessoa da cidade. Tinha cabelo da cor da neve, retorcido para o alto, e geralmente usava vestido preto com botões prateados e um colar de prata longo com as chaves da cidade penduradas. Toda vez que eu entrava na biblioteca, ela dizia em voz alta:

— Olha quem chegou, Teresa Jane! — Como se só o fato de me ver a deixasse feliz. A Srta. Larch dava aula de história no ensino médio antes de se aposentar para trabalhar como voluntária na prefeitura. — Fui professora da sua mãe quando ela era menina. Uma aluna excelente. Sempre lendo. Adorava romances e livros de receita.

A Srta. Larch me convidara para tomar chá diversas vezes. Havia uma chapa quente sobre uma antiga escrivaninha de pinheiro, e ela tinha xícaras de porcelana azul e branca, e colheres de prata com cabo de madrepérola. A Srta. Larch usava um bule feito com a mesma cerâmica amarela que a Sra. Hall encontrara no jardim. Também havia duas dúzias de vasilhas de chás exóticos de que eu nunca ouvira falar antes: pólvora, jasmim, yuzu, Marco Polo, baunilha com cereja, orquídea negra. Chás capazes de afastar pesadelos, chás capazes de melhorar a memória, e outros que faziam a pessoa rir alto com um único golinho. Eu sempre agradecia à Srta. Larch e dizia que estava com pressa e precisava ir, mesmo querendo ficar. Essa era eu: Twig Fowler, a que sempre precisava ir, a que não tinha um minuto para conversar, a que ficava paralisada assim que alguém parecia prestes a fazer uma pergunta pessoal, a que só podia murmurar *Obrigada*, e sair às pressas.

No entanto, não consegui escapar assim tão fácil quando fui vista no quintal da Sra. Hall. Éramos vizinhas. O mínimo que eu podia fazer era ser educada.

— Você sabe um montão de coisas sobre Sidwell. — A Sra. Hall veio me cumprimentar. — Estou impressionada.

Encolhi os ombros.

— Cresci aqui.

— Verdade — concordou a Sra. Hall. Então ela notou a fôrma com a torta. — Que adorável! Nada se compara a uma torta caseira de verdade.

Ficou claro de quem Júlia herdara o temperamento sociável. A menina me contara que sua mãe era especialista em doenças da fala e trabalhava com crianças que gaguejavam ou tinham dificuldade para pronunciar certas palavras. Era difícil ser arredia com ela, especialmente quando me abraçava e dizia que esperava que meu braço não estivesse doendo tanto. Ficamos batendo tanto papo que nem notei que a seguira para dentro do Chalé da Pomba da Lamentação. Eu sabia estar entrando no território da inimiga da minha família. Estava prestes a dizer que precisava voltar para casa, mas, quando passei pela porta, nada terrível aconteceu. Não fui atingida por um raio. Não caí de cara no chão. Tive de admitir a verdade para mim mesma: eu queria ficar.

Havia carpinteiros, encanadores e pintores trabalhando, arrancando os canos velhos e a madeira apodrecida. Reconheci o Sr. Hendrix, o encanador, que consertara a nossa pia da cozinha entupida havia pouco tempo. Alguns dos trabalhadores da cidade falaram "E aí, Twig". Acenei com a cabeça. Reconheci alguns deles do Grupo da Fofoca.

Notei que o interior da casa fora uma ruína antes da mudança dos Hall. Ainda havia teias de aranha por todo lado, e o estrago da água de tempestades do inverno manchara o teto e as paredes com nódoas em forma de nuvens e ovelhas. Os pisos, cobertos de manchas vermelho-sangue no passado, tinham sido retocados e agora exibiam um carvalho brilhante. As paredes eram cinza e sujas de fuligem, com cinzas de chamas antigas na lareira. Eram cheias de rachaduras, mas latas de tinta branca estavam sendo abertas. Seria preciso muito trabalho até a casa voltar a parecer habitável.

— Pobre casa, esta — disse a Sra. Hall enquanto estávamos na saleta de entrada. O chalé realmente parecia triste, como se combinasse os tetos manchados e o gesso rachado com um coração partido. — Nossa família simplesmente a ignorou por gerações, porém nunca a vendemos, e deve haver um motivo para isso! Pretendo dar nova vida a ela.

— Ela não parece muito bem cuidada — soltei sem pensar. — Desculpe, Sra. Hall, não quis ofender a casa.

— Me chame de Caroline — lembrou-me a Sra. Hall. — E não sei se uma casa pode se ofender. Eu certamente não me ofendi. Ao mesmo tempo, acho que vamos todos adorar o Chalé da Pomba da Lamentação. Nossa, eu já adoro!

Ela era tão positiva que não quis mencionar que a última moradora fora uma bruxa. Eu estava prestes a sair, antes que começasse a abusar das boas-vindas, ou antes que minha mãe percebesse minha demora em voltar, ou antes que Julia decidisse que não queria mais ser minha amiga. Mas, antes que eu saísse, ela desceu a escada correndo, com respingos de tinta no rosto.

— Exatamente quem eu queria ver — anunciou.

Como Julia rapidamente se tornara popular na escola, fiquei surpresa ao ouvir isso. Sem dúvida, alguém devia ter dito a ela que não perdesse tempo com Twig Fowler.

Olhei a tinta no rosto dela um pouco mais de perto. Azul, da cor das pichações. Um agito de desconfiança bateu em mim.

— Como está o seu braço? — perguntou Julia.

Eu só tinha três assinaturas no gesso. Não podia contar o gato, Emily Brontë. A maioria das pessoas teria a assinatura de todos os amigos, e eu me sentia constrangida por não ter mais nomes.

— As pessoas não me notam na escola — falei, com o intuito de dizer que não fazia parte do grupo de crianças populares e não ia a festas. Eu andava sozinha pelos corredores porque era uma ninguém, então Julia e eu já podíamos parar de conversar agora mesmo.

— As pessoas geralmente não notam coisas que veem a vida inteira. É o que minha mãe fala — disse Julia, limpando a tinta azul do rosto com papel toalha molhado.

— Isso mesmo — a Sra. Hall assentiu com a cabeça. — Passam direto sem ver as rosas que crescem na entrada da própria casa e vão à floricultura pagar caro por flores que não são tão bonitas quanto elas.

— Eu não ligo mais para o que as pessoas pensam — contou Julia. — Eu me decido sozinha. — Ela abriu um sorriso. — Sou do Brooklyn.

Decidi ficar, só por alguns minutos, o tempo suficiente para comer uma fatia da torta de morango com ruibarbo da minha mãe. Fomos à cozinha e, depois de uma única mordida, a Sra. Hall disse ser a melhor torta que ela já comera.

— Se sua mãe vendesse as tortas dela no Brooklyn, estaria milionária. — Julia deu mais uma mordida grande. — A fila ia dar a volta no quarteirão, e as pessoas pagariam o que ela pedisse. Todo mundo seria louco por tortas e a aplaudiriam sempre que ela passasse pela rua.

Eu não podia negar que minha mãe era a melhor confeiteira das redondezas.

— Esperem até vocês provarem nossa torta de maçã Cor-de-Rosa no outono.

— Deve ser divina. — A Sra. Hall cortou uma segunda fatia de torta para ela. — Será que a sua mãe compartilharia a receita dela?

Só de falar em minha mãe, fiquei nervosa por estar no Chalé da Pomba da Lamentação. Eu quebrara minha promessa e já fazia quase uma hora que saíra de casa. Estava dividida entre querer ficar e sentir que era desleal.

— Ela geralmente não revela suas receitas. São meio que segredo de família.

— Vamos subir — sugeriu Julia. — Você tem que ver o que fiz no meu quarto.

Hesitei. Não era só a tinta azul no rosto de Julia que me preocupava. Eu imaginava a bruxa espiando por aqueles cômodos, lançando maldições, arruinando a vida de todo mundo da nossa família.

— Aposto que chego primeiro! — gritou Julia. Como a maioria dos corredores, disparei assim que ouvi o desafio. Esqueci os avisos da minha mãe, a maldição e a bruxa, e cheguei lá em cima antes de Julia.

— Você é rápida! — disse ela.

— Não é que eu tente. São as minhas pernas longas.

Julia estava pintando o quarto. A cor que ela escolhera era um azul-escuro que lembrava a madrugada. O oposto da tinta de spray azul-elétrico berrante no Armazém e na floresta, tão calmo quanto o outro azul era destoante. Senti uma onda de alívio.

— Vamos deixar este quarto perfeito — sugeriu Julia.

— Concordo. — Eu me sentia mais do que pronta para ajudar. Arrastamos uma escada para o centro do quarto. O plano de Julia era fazer estrelas prateadas reluzentes com molde de papel no teto. Ela me emprestou óculos de sol, depois colocou óculos de proteção, e começamos o trabalho, revezando uma lata de spray com tinta metálica. Mais uma vez, pensei na mensagem que eu vira. *NÃO LEVE A NOSSA CASA EMBORA.*

— Você comprou essa tinta no Brooklyn?

— Não — respondeu Julia. — Em Sidwell. Na Loja de Materiais de Construção Hoverman.

A primeira estrela brilhou, como se realmente tivesse caído por um buraco no telhado para iluminar o quarto. Julia planejava pintar mais uma estrela a cada dia até ficar com constelações inteiras no teto.

— Luz da estrela, estrela a brilhar — cantou ela quando terminamos. — Espero que esse seja o melhor verão de todos.

Eu também desejava isso, mas tinha medo de dizer em voz alta. Eu desejara um monte de coisas no passado: que James tivesse uma vida como a dos outros meninos, que meu pai voltasse, que eu não ouvisse minha mãe chorar tarde da noite. Como meu irmão costumava dizer, para qualquer pessoa da família Fowler, desejos eram inúteis.

Havia um banco antigo embutido na parte de baixo da janela do quarto, que dava para o nosso pomar. Eu sempre quis ler aconchegada num banco de janela, e esse tinha almofadas azuis com estampa de rosas prateadas. Agate as fizera. Nós nos acomodamos e comparamos os livros que amávamos. Nossa lista incluía tudo escrito por Edward Eager, claro, junto com

E. Nesbit e Ray Bradbury. Acrescentei *O Morro dos Ventos Uivantes*, por causa da Sra. Farrell. Mesmo ainda não o tendo lido, estava na lista dos que tinha de ler. Julia sugeriu poemas de Emily Dickinson, porque ela havia morado perto de Sidwell. Embora Emily Dickinson tivesse sido um tanto eremita, ficando trancada dentro do quarto, saindo de fininho para colher flores silvestres totalmente sozinha, parecia o tipo de pessoa de quem dá vontade de ser amiga, mesmo tendo vivido muito tempo atrás também.

Julia e eu conversamos tanto que demorei a perceber que já estava quase escurecendo. As sombras haviam começado a atravessar as árvores feito poças de tinta.

Levantei-me tão rápido que as almofadas caíram no chão. Recolhi todas elas, pedi desculpa pela minha falta de jeito, e disse:

— Tenho que ir. — Eu me senti como o Coelho Branco de *Alice no País das Maravilhas*, num pânico desenfreado, com medo do que poderia acontecer se me atrasasse, embora, francamente, já estivesse atrasada.

— Por que não fica? Você poderia jantar, depois eu vou com você até metade do caminho.

— De jeito nenhum! — Soltei sem pensar. Julia pareceu irritada, e percebi que a magoara. Era a última coisa que eu queria. — Desculpa — pedi. — Adoraria ficar, mas minha mãe não permitiria. Ela não queria nem que eu viesse aqui.

— Por que ela não gosta de nós? Ela nem nos conhece.

Expliquei da melhor forma que pude que houve uma época em que nossas famílias eram inimigas, e coisas terríveis foram ditas e feitas. Pessoas sofreram decepções amorosas e destinos se afastaram. Contei a ela sobre a peça na prefeitura e o fato de que, uma vez por ano, as crianças mais novas do acampamento de verão contavam a história de Agnes Early, a Bruxa de Sidwell e cantavam uma música que dizia que ela lançou uma maldição contra todos que a prejudicaram, repetindo três vezes que desejavam que a bruxa desaparecesse e nunca mais voltasse.

— A peça termina quando a bruxa é empurrada de um penhasco de papel machê — contei a Julia. — Aí todos da cidade aplaudem.

— Que grosseria! — Julia ficou vermelha de raiva. — Nunca ouvi falar em nada tão cruel!

Tentei me desculpar por Sidwell.

— Bem, ela era uma bruxa.

— Ainda assim, é horrível desejar o mal para qualquer pessoa. Estou certa de que ela teve motivos. Talvez as pessoas tenham ferido seus sentimentos, da mesma forma que fui ferida no Brooklyn. Uma única palavra pode parecer uma pedra jogada contra a pessoa.

Eu nunca pensara na situação da bruxa dessa maneira, e, quando disse isso, Julia gostou. Pensar em Agnes Early apenas como alguém que fora magoada me fazia ter menos medo dela. E não fiquei mais tão nervosa em relação às presas azuis que vira na cidade e na floresta. Tive certeza de que a pessoa por trás daquilo, independente de quem fosse, tinha seus motivos, assim como a bruxa os tivera.

— Vamos nos encontrar na estrada amanhã para irmos andando para a escola — eu disse. — Mesma hora, mesmo lugar.

— Perfeito. — Julia abriu um sorrisão.

Desci a escada, disse tchau para a Sra. Hall de longe e desci os degraus da varanda correndo. Estava me sentindo feliz, como se fosse a menina mais normal de Sidwell, ou pelo menos normal o suficiente, e não tivesse uma única preocupação. Assim que saí, entretanto, um medo atravessou o meu corpo. Lá no gramado, Agate Hall olhava fixamente para o pomar. Ela parecia animada, com uma expressão sonhadora, os braços longos em torno de si. Fazia frio no fim das tardes, e uma névoa passava entre as árvores do pomar. A lua já nascia. As estrelas apareciam num céu que era da cor exata do quarto de Julia.

Tive a sensação de que algo fora do comum acontecera. Todas as árvores pareciam prateadas na luz, e ouvi um som de algo correndo por ali, como se um vento tivesse passado, mas o ar estava parado.

Agate virou-se para mim. Seus olhos encontravam-se bem abertos, as bochechas, vermelhas. Ela estava como as pessoas ficam quando acabam de despertar de um sonho.

— Eu vi ele — disse a menina, o tom suave. — Aquele de quem falam. Ele é real.

Estávamos as duas tremendo, mas por motivos diferentes. Eu sentia medo, mas Agate parecia encantada. Olhei para ela e entendi que, pela primeira vez depois de todos esses anos, apesar do perigo, apesar da maldição, meu irmão se permitira ser visto.

CAPÍTULO TRÊS

Destinos contrários

Era de se pensar que, após duzentos anos, uma maldição enfraqueceria e finalmente começaria a perder o efeito, como tinta desbotando num papel velho. Mas não era esse o caso.

Na minha família, sempre fora uma tradição retirar as asas minúsculas um dia antes do primeiro aniversário dos meninos. Uma mistura de ervas era adicionada ao leite do bebê, junto com dez ou mais ingredientes mantidos em segredo. Uma vez que a criança bebesse essa preparação, suas asas começavam a desaparecer, encolhendo pouco a pouco, centímetro por centímetro, até caírem e as penas cobrirem o chão.

Havia, porém, um preço a pagar para ser como todas as outras pessoas: desse momento em diante, o indivíduo se tornaria frágil, febril e cansado o tempo todo, incapaz de brincar ou até de erguer os braços acima da cabeça. Os ossos dos meninos da família Fowler quebravam fácil, e alguns ficavam confinados à cama. Mesmo sendo homens crescidos, a coluna doía-lhes toda vez que havia uma tempestade. Meu próprio avô tinha dificuldade para andar e sempre usava bengala. Eu me lembro de ir fazer uma visita e sentar-me com ele na varanda, vendo bandos de pássaros passarem, como se houvesse nuvens manchadas de tinta acima de nós.

— Isso é liberdade — disse ele, e, ainda que eu fosse pouco mais que um bebê, notei o anseio na sua voz.

A cura por ervas só funcionava antes do primeiro aniversário da criança. Depois disso, as asas se fixavam no lugar. A maldição era indestrutível.

Minha mãe diferenciava-se do resto dos Fowler. Talvez por sair para o mundo e observar como as pessoas viviam longe de Sidwell, ela recusou a cura para o meu irmão. Não se importava com o fato de que tinham removido a asa de todos os meninos da nossa família durante quase duzentos anos. O processo era perigoso e dolorido, e ela não apoiaria isso.

Usou os próprios métodos quando James era pequeno. Na época em que morávamos em Nova York, com asas ainda pequenas, era possível prendê-las antes de sairmos. Em seguida, ela vestia nele um moletom de tamanho maior. Na Manhattan lotada, ninguém reparava numa mãe bem jovem com uma menina pequena de cabelo castanho-escuro num carrinho de bebê e um menino bonito e sério de 5 anos de idade que, em vez de sair correndo pelo parque como os outros garotos faziam para jogar futebol ou beisebol, ficava ao nosso lado, centrado, sempre bem comportado, mas isolado. Já nessa idade, ele sabia que era diferente.

Não me lembro muito do meu pai. Ele desapareceu das nossas vidas antes que eu tivesse idade suficiente para conhecê-lo, mas meu irmão diz que ele costumava nos levar para os balanços do Central Park. Sussurrava para James que qualquer pessoa que tivesse a sorte de saber o que significava voar era especial. James fechava os olhos e respirava fundo. Lá no alto, finalmente se sentiu livre.

— Como ele era? — eu perguntava quando James e eu estávamos sozinhos.

— Alto, quieto, alguém em quem você poderia confiar para te pegar se você estivesse lá no ar.

Eu só me lembrava de uma sombra, e, à medida que os anos passavam, até a lembrança dessa sombra parecia desaparecer.

Nunca tive muita certeza do que aconteceu com meus pais, nem por que eles se separaram. Toda vez que tocava no assunto, minha mãe o desviava.

Um dia, eu estava pensando no meu pai enquanto fazia a lição de casa na sala de história da Prefeitura. Minha turma recebera a tarefa de escrever sobre a fundação de Sidwell em 1683, e eu pesquisava sobre a primeira biblioteca da cidade. Localizava-se numa velha cabana de madeira na praça da cidade. A casa ainda existia, mas era usada como centro turístico. As pessoas que visitavam Sidwell paravam ali para pegar mapas e listas de lugares que deveriam visitar a caminho de Lenox ou Stockbridge. Os destaques recomendados eram a Floresta Montgomery, o Último Lago, a Lanchonete Starline e a torre do sino na Prefeitura.

Por algum motivo, ler sobre os primeiros dias de Sidwell me fez pensar sobre os primeiros dias da minha família em Nova York. Fiquei perplexa ao me dar conta do quão pouco sabia sobre a história da minha própria família e de que desejava algo que nem cheguei a conhecer e que provavelmente nunca teria. Comecei a chorar, algo que nunca fizera em público antes. Fiquei constrangida, em especial porque a Srta. Larch dava atenção a um senhor idoso que usava um casaco de tweed e uma bengala com ponta de prata. Ele olhou para mim e emitiu um som de estalo nos dentes. Percebi que se sentia mal por mim. O fato de alguém que eu nem conhecia ter pena de mim me fez sentir ainda pior.

A Srta. Larch sussurrou algumas palavras ao senhor que acompanhava, e eu o ouvi dizer: *Ah, sim, claro. Não se incomode comigo.*

Ela trouxe uma xícara de chá de orquídea negra que acabara de fazer e sentou-se na minha frente. O chá era especialmente perfumado. A partir desse dia, tornou-se o meu favorito. O aroma lembrava dias de chuva, bibliotecas e uma mistura de jardins com flores abertas.

— Esta combinação específica é muito boa para tristeza — disse a Srta. Larch, encorajando-me a experimentar.

— Seu amigo não vai ficar chateado de ser deixado sozinho? — perguntei, enxugando os olhos. Na verdade, não me importava de chorar na frente da Srta. Larch. Era provável que eu a conhecesse melhor que qualquer outra pessoa em Sidwell.

— Ah, o Sr. Shelton é um homem muito paciente — tranquilizou-me ela. — E muito culto. Não se importará de se distrair sozinho.

O senhor de bengala lia um livro de poemas e tomava chá. Quando ergueu o olhar, viu que eu o estava olhando e disse de longe:

— Pode me ignorar! Aproveite a sua bebida.

O chá era delicioso, floral e escuro. Depois de alguns goles, senti um formigamento engraçado na garganta. Quase como se algo tivesse sido aberto dentro de mim.

— Há quem diga que as orquídeas negras fazem com que a pessoa diga a verdade. — A Srta. Larch tinha olhos verde-acinzentados que lembravam águas quietas. Ela era muito calma, talvez por ser muito velha e já ter visto tanta coisa. Enfrentara furacões, tempestades, invernos rigorosos e permanecia ali.

— Eu estava pensando no meu pai — admiti.

— Ah, sentindo a falta dele, suponho.

Continuei, sem conseguir me conter.

— Só não entendo por que ele nunca viria me visitar, mesmo se realmente terminou com a minha mãe.

— Você acha que *ele* terminou com *ela*?

Examinei a Srta. Larch com atenção. Ela apertou os olhos, depois sorriu. Eu tinha a nítida impressão de que a Srta. Larch sabia mais sobre a cidade e sobre a minha família do que qualquer outra pessoa em Sidwell.

Fazia parte de ser historiadora: colecionar fatos e guardá-los para o tempo das vacas magras, ou talvez para quando mais precisasse deles mesmo.

— Na verdade, não tenho certeza do que aconteceu entre eles — admiti.

— Minha sugestão é a seguinte — disse a Srta. Larch em voz baixa. Eu me senti como num sonho. Talvez o chá de orquídea me fizesse sentir desse jeito, ou talvez o fato de eu simplesmente nunca ter sido de fato sincera com ninguém de fora da minha família antes. — Não julgue seu pai de modo rigoroso demais. Nem tudo é o que parece.

Pensei no que ela dissera depois que saí da Prefeitura. Eu estava passando pelo centro turístico sobre o qual escrevia no meu trabalho da escola. A maioria das pessoas de passagem pela cidade nunca imaginaria que ali fora a primeira biblioteca do

Condado de Berkshire. Suas prateleiras um dia guardaram 333 livros em vez de mapas e panfletos, e Johnny Appleseed planejara seu percurso pelo país numa das mesas lá dentro. Talvez a Srta. Larch tivesse razão sobre as coisas não serem aquilo que aparentam. Isso me fez pensar que eu precisava olhar com mais atenção para tudo que eu via, e não tirar conclusões precipitadas.

Foi então que vi as presas azuis pintadas de novo. Dessa vez, elas tinham sido pichadas na lateral do centro turístico. Só que agora não eram só presas, havia um rosto inteiro.

Um monstro chorando lágrimas azuis.

VOCÊ VAI SE ARREPENDER SE LEVAR NOSSA CASA EMBORA fora rabiscado em pequenas letras azuis.

Uma multidão se juntara ao redor, e, no meio dela, estavam os homens do Grupo da Fofoca. Alguns deles debatiam se a cela da cadeia da delegacia seria forte o suficiente para conter o monstro quando o pegassem.

O Dr. Shelton veio ficar ao meu lado. Ele cheirava a uma combinação do musgo da floresta e chá de orquídea negra. Talvez por isso eu tenha dito olá.

— Lembra de mim? — perguntei.

— Sem dúvida. O que está acontecendo aqui?

— Eles acham que há um monstro escrevendo mensagens e roubando coisas na cidade. Estão falando em ir atrás dele.

— A Srta. Larch diria que as pessoas precisam olhar com mais atenção o que está bem na frente delas.

— Diria?

Imaginei que eles deviam ser muito amigos para ele saber o que a Srta. Larch diria, quando ela nem estava presente. O Dr. Shelton não era especialmente alto e mancava um pouquinho, motivo pelo qual usava a bengala. Agora que eu olhava com atenção, parecia um pouco desarrumado, mas usava uma camisa limpa e uma gravata um pouco familiar. Achei que devia ter visto o Sr. Stern usando exatamente a mesma gravata, e me perguntei se estava entre as roupas que o ouvi dizer terem desaparecido do seu varal. O casaco dele estava puído, e usava botas velhas de caminhada com cadarços de cores diferentes, um azul e um branco. Mas o rosto dele era simpático, amigável, e os olhos, brilhantes. E era amigo da Srta. Larch, sem dúvida, a melhor recomendação.

— Ah, sim — informou-me ele. — Ela diria isso com certeza. E estaria certa, como de costume. Nossa, olhe de cabeça para baixo!

O Dr. Shelton sorriu e seguiu andando pela praça da cidade, assoviando para si mesmo.

Olhei para a pichação mais um pouco, e depois fiz exatamente o que ele disse. Joguei minha mochila no chão e plantei bananeira, mesmo não sendo muito boa nisso. Olhando para a pichação de cabeça para baixo, entendi que era o rosto de uma coruja.

Não havia monstro algum. Eu sabia disso melhor que ninguém. Mas agora me perguntava se James era o responsável pela pichação. Quem estaria mais do lado das corujas que meu irmão?

Eu só esperava que James não estivesse levando as pessoas direto para ele.

Às vezes eu achava que minha mãe deveria ter escutado meus avós. Eles disseram que a decisão dela de não remover as asas de James levaria a um desastre, e alertaram que ele nunca saberia o que é uma vida normal. Minha mãe, porém, insistiu em afirmar que meu irmão tinha o direito de ser quem ele era. Foi somente quando chegou a hora de James ir à escola que ela percebeu quanto estava em jogo. A realidade do perigo da situação dele se tornou clara um dia no parque de Madison Square, em Nova York, enquanto esperávamos para usar os balanços. Duas mães na fila falavam sobre o medo que seus filhos sentiam de monstros.

— Criaturas voadoras são as que mais assustam Willy — ouvimos uma das mães dizer. — Qualquer tipo de dragão, os macacos voadores do *Mágico de Oz*, até morcegos o fazem gritar e procurar um lugar para se esconder.

Minha mãe ficou envergonhada. Passou a mão na cabeça de James, mas estava aborrecida.

— Não ouça — disse a ele. Ainda assim, tenho certeza de que ele deve ter ouvido muito. Sei que eu ouvi.

— Nossa, preciso olhar debaixo da cama dele toda noite com uma luz de monstro — continuou a mulher do parque. — É a nossa lanterna. Eu disse a ele que, se algum dia virmos um monstro passar voando, vamos pegá-lo com uma rede e levar ao zoológico. Vamos trancá-lo para nunca mais soltar.

Saímos do parque e fomos à nossa lanchonete favorita, onde minha mãe se permitiu gastar com cookies de chocolate e baunilha, com cobertura preta e branca também, junto com chocolate quente e pedacinhos de marshmallow. Para ela mesma, entretanto, pediu apenas café. E nem isso bebeu. Ficou batendo os dedos na mesa e olhando para trás toda vez que entrava um cliente. Esse dia foi o fim da nossa tentativa de ser como todas as outras pessoas.

Não sei por que deixamos meu pai quando saímos de Nova York após o acidente de meus avós. Sei, porém, que minha mãe encontrava-se numa tristeza terrível. Ela escreveu um bilhete antes de entrarmos com as nossas coisas no carro. Lembro que ela chorava ao pôr o bilhete num envelope. Em seguida, fez algo que sempre vou lembrar: selou a carta com um beijo. Ficou um contorno tênue deixado pelo batom rosa que ela usava. O bilhete foi escrito para o nosso pai. Então talvez a Srta. Larch estivesse certa ao perguntar quem deixou quem. Minha mãe foi quem saiu e trancou a porta. Sempre me perguntei o que nosso pai pensou ao chegar em casa, ver o apartamento vazio e encontrar um bilhete na mesa da cozinha.

Sempre acreditei que ele viria atrás de nós.

Apesar de tudo, apesar do bilhete na mesa e dos anos que haviam se passado, eu ainda acreditava.

Até ele voltar, James e eu cuidamos um do outro. Sempre que James saía de fininho para voar, eu ficava esperando, no parapeito da janela, que ele voltasse para a terra. Algumas noites ele viajava tão longe na direção norte que só chegava em casa ao amanhecer, com a floresta já cheia de luz perolada. Às vezes, batia na porta do meu quarto para me acordar e contar suas aventuras. Que o ar da noite estava repleto de diferentes constelações, que ele descansara em pastagens onde as vacas mugiram surpresas ao verem-no, que ele caminhara por plantações de jacinto. Ele bebia de fontes geladas, subia pelos ares com as corujas, encontrava cavernas em que ficaria seguro quando as tempestades viessem do oeste.

Ele me contou que havia momentos em que queria continuar, cada vez mais para o norte, até o extremo do Canadá, onde ninguém jamais o encontraria. Nessa terra congelada, ele ouviria apenas o eco da sua própria voz, e não se sentiria mais uma criatura perseguida.

No fim, entretanto, ele sempre retornava, com as roupas rasgadas, espinheiros emaranhados no cabelo.

E agora, a presença de Agate o fazia permanecer mais perto de casa.

Desde o primeiro dia em que se viram, ele voara acima da casa toda noite. Mas ainda não tentara falar com ela.

— Você deveria — insisti. — Vocês iam gostar um do outro.

Ele estivera isolado por tanto tempo que acho que não confiava em si mesmo para conversar com qualquer pessoa, especialmente com Agate.

— Eu não saberia o que dizer a ela.

Eu nunca o vira tão inseguro.

— Você só tem que ser você mesmo. — Se havia alguma coisa da qual eu tinha certeza, era isso. Eu vira a expressão de Agate quando ela o viu.

Um dia, enquanto minha mãe andava pelo gramado, ela avistou James em cima do telhado. Ainda nem estava perto de anoitecer, mas, depois de todos esses anos de obediência às regras, ele se tornara imprudente. Sem pensar duas vezes, ele levantou voo e desapareceu. Minha mãe esperou na varanda durante horas, preocupada, olhando para o céu com os olhos apertados. Desci a escada de madrugada, sem fazer barulho, e vi que ela adormecera na cadeira de balanço.

De manhã, meu irmão pousou com leveza no gramado. Usava calça jeans e suéter cinza, e as asas encontravam-se fechadas para trás. Elas eram pretas, como as de um corvo, com algumas penas de um azul iridescente espalhadas.

Nossa mãe acordou ao som dos passos de James. Foi abraçá-lo, perto das lágrimas.

— O que você acha que as autoridades fariam se encontrassem o monstro delas?

— É isso que eu sou? — perguntou James num tom suave.

— Não! É claro que não! — Ela deu-lhe um abraço mais apertado. — Mas o que as pessoas da cidade pensarão se virem você? É por isso que o assunto não está aberto para discussão. Você deve ficar em casa.

James afastou-se dela e apertou os olhos. Ele estava mudando, tornando-se dono de si. Sentia-se cansado de ficar preso.

— Acho que não consigo fazer isso — disse ele com uma voz sombria.

Eu observava de trás da janela de vidro ondulado embutida na porta da frente. Pelos olhos de James, mais pretos que cinza, percebi que ele não ia mais fazer o que mandavam.

Eu não o culpava.

Um dia, de manhã, alguém bateu à porta. Era sábado e, claro, não estávamos esperando ninguém, uma vez que nunca recebíamos visitas. Minha mãe me pediu que mandasse nosso visitante inesperado ir embora. Achei que devia ser um desses vendedores que batem de porta em porta, que às vezes passavam pela cidade, tentando convencer todo mundo a comprar algum produto bobo de que ninguém precisava, como um guarda-chuva para duas pessoas ou um trampolim dobrável que podia ser carregado numa mala ou um novo tipo de sabão para lavar carros que dispensava o uso de água. Abri uma fresta. Um homem andava de um lado para o outro da varanda, falando sozinho. Estava com um jornal enrolado. Quando me viu, ficou paralisado.

— Olá, Twig. — Era muito alto, esquelético e tinha olhos tristes e cinzentos.

— Como sabe o meu nome? — perguntei, desconfiada.

— Todo mundo não conhece todo mundo em Sidwell? Não é essa a principal característica de uma cidade pequena? — Ele notou o meu gesso e arregalou os olhos. — Quebrou?

— Fratura leve. — O homem ainda parecia preocupado, então acrescentei: — Eu saro rápido. Já está quase bom.

— Que ótimo. — Eu estava prestes a me despedir, acrescentando um *Obrigada, mas, não, obrigada* para o que quer que estivesse vendendo, quando ele pegou do bolso uma caneta tinteiro antiga. Antes que eu pudesse detê-lo, o homem deu um passo à frente e assinou meu gesso. A assinatura era muito legal, e ele desenhou uma rosa depois do seu nome.

— Ian Rose — disse ele, apresentando-se. — Uma rosa é uma rosa é uma rosa. — Deu um sorrisão. Seu cabelo preto era um pouco longo demais e um tanto desarrumado. — Sou do jornal local.

A última vez em que eu entregara tortas no Armazém, ouvi o Grupo da Fofoca discutindo sobre um homem do jornal que se mudara de Nova York para Sidwell a fim de assumir o cargo de editor no *Arauto de Sidwell*. Mesmo sem ser uma pessoa da cidade, eles não estavam muito contrariados com o fato de alguém de fora ser responsável pelas notícias em Sidwell. O homem era sobrinho da Srta. Larch e estava morando no quarto vago da casa dela na rua Avery. O *Arauto* não era mais um jornal muito importante, e as pessoas achavam que logo fecharia, mas alguns supunham que esse sujeito pretendia salvá-lo se pudesse. Alguns dos homens fizeram apostas a respeito do dia em que o novo editor fracassaria e o jornal fecharia as portas.

— Não queremos nenhum jornal. — Comecei a fechar a porta. — Obrigada assim mesmo.

— Minha tia me disse para passar aqui. Falou muito bem de você.

— Falou? — Fiquei lisonjeada ao ouvir isso. Eu não podia ser grossa com um parente da Srta. Larch, então mantive a porta aberta.

— Ela sempre ia a Nova York me visitar, pelo menos uma vez por ano. Eu vinha visitar de vez em quando, quando era mais ou menos da sua idade, mas não conheço realmente Sidwell. Agora que estou aqui para ficar, acho que rapidinho me sentirei em casa. Pelo que já vi, é uma cidade legal.

— Sim e não. É mais complicado do que se pode imaginar — disse, repetindo os sentimentos da Srta. Larch.

— É assim com a maioria das coisas.

Assenti com a cabeça.

— Vim entrevistar a sua mãe — ele explicou. — Podíamos escrever um artigo interessante sobre o pomar para o *Arauto*.

— Não vai dar — respondi. — Ela não fala com estranhos.

— Não sou tão estranho assim. — Deu um sorrisão, e eu também sorri.

Por algum motivo, eu me senti mal pelo Sr. Rose. Talvez por ele ser novo na cidade e não saber que nossa família não era nada amistosa. Minha mãe nunca ia falar com ele. Ouvi uma movimentação no corredor. Ela viera ficar ao meu lado.

— Ian — disse minha mãe.

Perguntei-me se ela o conhecera quando ele vinha visitar a Srta. Larch tantos anos atrás.

— Eu estava acabando de contar a Twig que gostaria de escrever um artigo sobre o pomar.

— Um artigo? — Esperei que ela o mandasse ir embora. Em vez disso, virou para mim e disse: — Por que não vai tomar café da manhã? — Então saiu para a varanda e fechou a porta.

Espiei pela velha janela de vidro. Quando se olha através dela, o mundo todo parece muito distante, quase como algo num sonho. Para pessoas que não conheciam bem uma a outra, minha mãe e o Sr. Rose pareciam ter muito a dizer. Aí, ouvi minha mãe falar:

— Se veio à cidade para isso, Ian, você cometeu um erro.

Devo ter feito barulho na porta, porque a atenção dela mudou de foco. Quando se virou para me ver, fez uma expressão séria que me convenceu a ir tomar o café. Peguei o cereal e o leite, mas sentia uma sensação estranha no estômago, como se tivesse acontecido um terremoto, e o chão se mexesse sob os nossos pés, e tudo que conhecíamos, éramos e fazíamos estivesse prestes a mudar.

Levei o café da manhã de James ao sótão. Ultimamente ele não vinha comendo muito, então levei suas comidas favoritas: uma tigela de cereal de milho, torradas e manteiga de mel feita por nossa mãe. O segredo da manteiga de mel era que ela acrescentava lavanda, que a deixava tão perfumada a ponto de as abelhas às vezes entrarem pela janela para sobrevoar o prato.

O Sr. Rose fora embora no seu carro, e minha mãe começara a assar tortas de morango num dos fornos enormes da cozinha de verão. James e eu a ouvimos cantar enquanto fazia as tortas. A janela do sótão estava aberta, e o ar cheirava a massa de torta e frutas. Eu me sentia contente por ser sábado e não precisar sair correndo para a escola. Contei ao meu irmão sobre a pichação e o fato de o artista ser tão esperto que criara uma imagem que parecia uma coisa e outra completamente diferente de cabeça para baixo. James pareceu interessado, mas não culpado. Eu percebia quando ele estava disfarçando, e não era o caso.

— Não consigo imaginar quem faria isso — disse. — O estranho é que não existe ninguém mais interessado em corujas que você.

— Eu não diria isso — discordou James. — Tem o ornitólogo.

Então essa era a profissão do Dr. Shelton. Não era de admirar que estivesse sempre na floresta.

— Você conhece ele?

— Já o vi gravando cantos de pássaros. Segui ele algumas vezes. Está estudando as corujas-serra-afiada.

Eu não conseguia visualizar o Dr. Shelton com uma lata de spray na mão, mesmo ele estando do lado dos pássaros.

Depois do café da manhã, James e eu jogamos Palavras Cruzadas de tabuleiro, nosso jogo favorito. Peguei um *X*, o que dificultou minha jogada. Eu só conseguia pensar em poucas palavras com essa letra. *Extra, xale, durex, xará*. Nenhuma delas valia muitos pontos.

— Você esteve na Pomba da Lamentação? — perguntou meu irmão.

— Não posso ir lá nos finais de semana, a não ser que tenha uma boa desculpa. — Eu provavelmente poderia inventar uma desculpa boa, mas estava pensando melhor a minha amizade com Julia. Ela não me conhecia, na verdade. Como podia gostar de mim? Ela ligara duas vezes, e em ambas eu atendi e desliguei sem falar nada. Quando minha mãe perguntou quem ligara, eu respondi que tinha sido engano, alguém procurando um canil para o cachorro. Talvez eu só estivesse querendo terminar a amizade antes que Julia o fizesse.

James também parecia ter suas dúvidas.

— Agate deve pensar que eu fui uma alucinação. Tenho certeza de que ela se esqueceu totalmente de mim.

Eu não achava isso. Eu vira a expressão dela. Não sabia se realmente existia amor à primeira vista, mas, se existia, ela sentiu.

— Não sei por quanto tempo mais consigo ficar neste sótão — murmurou James. — Só quero ter as mesmas oportunidades que as outras pessoas. É pedir demais?

Concordamos que não era. Realmente, éramos pessoas normais, apesar das asas, da maldição e do modo solitário como vivíamos. Perguntei-me se todos os monstros eram tão comuns no cotidiano deles, se eu deveria ir ao Armazém e a todos os outros lugares que vendiam camisetas com a imagem do Monstro de Sidwell e explicar que tomávamos café da manhã do mesmo jeito que eles, que meu irmão era a pessoa mais gentil do mundo e não tinha relação alguma com os roubos e as pichações. Ou, pelo menos, eu esperava que não tivesse.

— Me ajuda a escolher uma palavra? — perguntei a Raio, que estava sentado no ombro do meu irmão. A corujinha planou até a mesa. Ficou claro que o problema de sua asa já estava curado. Talvez James não se sentisse pronto para deixá-la partir.

Raio pousou no *E*. Comecei a pensar em palavras que começavam com *E. Excelente, elefante e então.*

— Você sabe que não consegue ganhar de mim — provocou James.

— É mesmo? — falei com um sorriso afetado. — Veja. — Escrevi *extra*, com o *X* num espaço com pontuação de palavra dupla.

Enquanto eu aumentava meu placar, contei a James que havia um novo editor no *Arauto de Sidwell*, que queria escrever um artigo sobre o pomar, era sobrinho da Srta. Larch e parecia conhecer nossa mãe, porém James não prestava mais atenção. Seu olhar encontrava-se fixo no que estava lá fora. Quando fui à janela, entendi por quê.

Ninguém nunca ia à nossa casa, e agora recebíamos a segunda visita do dia. Agate estava parada na grama. Eu vinha evitando os Hall e meio que me esquecera de como ela era bonita. Parecia uma fada, como se tivesse aparecido no nosso mundo por mágica. Seu cabelo claro estava preso para trás, e ela usava uma jaqueta preta de veludo sobre o vestido preto. Estava descalça e parecia ofegante, como se tivesse corrido.

James olhou para ela, os olhos mutáveis de um verde-claro intenso.

Agate segurava algo no alto. Primeiro achei que fosse um exemplar do *Arauto de Sidwell* que o Sr. Rose deixara. Mas não era um jornal. Ela balançava um pedaço de papel branco com uma mensagem para o meu irmão.

Meia-noite no Último Lago.

Meu irmão estampava um sorrisão no rosto.

Ele encontrava-se como qualquer pessoa cujo desejo havia se realizado.

À meia-noite, eu não estava dormindo. Casas velhas têm barulhos só delas: camundongos dentro das paredes, folhas batendo no telhado, passos no piso do sótão. Havia um grilo no meu quarto, cricrilando sem parar. Geralmente, o canto do grilo era como uma cantiga de ninar para mim, mas nessa noite me manteve acordada. A noite estava estrelada, luminosa. Havia uma filigrana de sombras de fora na minha parede: galhos de árvore, trepadeiras e depois a sombra de James passando quando ele saiu pela janela. Pensei na frequência com que os passarinhos caíam do ninho, lembrei que os galhos quebravam, que as tempestades eram piores nessa época do ano, quando menos se esperava por elas, quando a noite parecia protegida e calma. Não tentei impedir James. Meu coração ficou leve por saber que ele estava livre, pelo menos por um pouco de tempo. Ainda assim, fiquei preocupada. Eu sabia que minha mãe estaria convencida de que a última pessoa do mundo que James deveria encontrar à meia-noite era Agate Early Hall.

CAPÍTULO QUATRO

O verão que não foi como os outros verões

As aulas acabaram na semana seguinte. No último dia, depois que os livros foram devolvidos e os armários esvaziados, eu voltava sozinha para casa, perguntando-me o que ia fazer durante todo o verão. As semanas se estendiam diante de mim como folhas de papel em branco, sem nada escrito sobre o futuro. Ouvi alguém gritar meu nome. Virei para olhar atrás de mim. Julia. Era impossível fugir correndo, então parei ali, nervosa, enquanto ela vinha veloz.

— Por onde você andou? — Julia estava um pouco ofegante.

— Por lugar nenhum — disse, inexpressiva. — Estava aqui.

Eu simplesmente não conseguia ver como nossa amizade poderia dar certo, então de que adiantava? Eu tomara a decisão de ficar com a vida como ela era, o que significava ser sozinha. Pelo menos eu não seria abandonada nem traída.

Continuei andando, e Julia também. A tarde estava quente, e havia abelhas zumbindo nos campos.

— Em outras palavras, você não quer ser minha amiga. — A voz de Julia saiu meio engasgada. Quando olhei de relance, pensei ter visto um brilho de lágrimas nos olhos dela.

— *Você* não quer ser *minha* amiga — corrigi-a.

— Quem te disse isso? Porque eu nunca disse.

Estávamos andando lado a lado, pulando para a grama toda vez que ouvíamos um carro atrás de nós. Era difícil ter uma conversa quando precisava ficar dando pulos ou andando rápido pelo asfalto quente.

— Ninguém me disse. Eu sei que é isso que vai acontecer e pronto. Você vai acabar encontrando pessoas de que gosta mais. Elas vão lhe dizer que eu sou um nada, e você vai perceber que foi tudo um engano, então é mais rápido e fácil se não formos amigas desde o início.

— OK. — Julia assentiu com a cabeça. — Está bem.

Meu rosto se tornou quente. Esse havia sido o meu medo, que seria fácil assim para ela me largar. E que doeria tanto assim. Provavelmente havia lágrimas nos meus olhos também.

Então Julia me chocou.

— Seremos irmãs de alma, então. É mais que ser amiga. Significa que eu jamais vou pensar que ser sua amiga é um engano, nem você. Significa que você não vai tentar adivinhar o que estou pensando. Em vez disso, vai conversar comigo e eu vou conversar com você, e não vamos esconder as coisas uma da outra.

Senti uma onda de alívio, mas disse:

— Nem temos nada em comum.

— Ah, tipo, você é alta, eu sou baixa? — Júlia deu um sorrisão. — Coisas importantes assim. É disso que você fala?

Tive que rir. Parecia bobagem quando ela colocava dessa forma.

— Na verdade, temos um monte de coisas em comum — continuou Julia. — Nós duas amamos livros, bancos de janela, tortas, cachorros e o último dia de aula!

Isso pelo menos era verdade. Andávamos debaixo das árvores altas que faziam sombra. Nessa época do ano em Sidwell, tudo era verde e exuberante. O verão que se apresentava à minha frente começava a parecer ótimo. Ter uma amiga trazia a sensação de que ele ia durar o dobro do tempo e seria três vezes mais divertido.

— E, o mais importante, temos um segredo que nos une — disse Julia num tom solene. Olhei para ela, e ela assentiu com a cabeça. — Eu vi James.

Julia sabia do meu irmão.

Entramos na floresta e encontramos um lugar tranquilo para conversar. No princípio, mal consegui voltar à respiração normal. Eu não sabia como me sentiria dividindo o meu segredo. Eu nem sabia se poderia dividi-lo. A luz que atravessava os galhos das árvores era amarela. Havia flores silvestres para todo lado, e as samambaias se desenrolavam. Tínhamos ido bem longe, quase ao local onde as corujas faziam ninhos e o qual eu nunca conseguia encontrar sem meu irmão. Apesar disso, eu tinha a sensação de que as corujas nos espiavam do alto. Estava tão silencioso que achamos que era melhor falar aos sussurros, e foi o que fizemos. Quando Julia começou a falar, senti um alívio enorme por ter alguém que sabia a verdade.

Ela me contou que, uma noite, escutara Agate saindo da Pomba da Lamentação quando todos estavam na cama. Ela seguiu a irmã para fora de casa, pela grama alta, até a floresta. Julia logo a perdeu de vista. No escuro, sentiu-se perdida e em pânico. Ela ouvira falar que havia um lago sem fundo por ali e de repente ficou morrendo de medo de cair, afogar-se, e nunca mais ouvirem falar dela.

Julia conseguiu seguir entre os espinheiros, perdendo-se cada vez mais conforme andava. Finalmente, ouviu a voz da irmã, mais abaixo, na margem do lago. Agate estava sentada ali com meu irmão. Julia agachou-se, escondida atrás de um trecho de arbustos espinhosos. Se ela voltasse fazendo barulho entre os espinheiros, eles certamente a ouviriam e saberiam que ela os espiava. Ela disse que ficou fascinada. Havia poças de luar na grama, e o lago estava negro e tão imóvel que mais parecia vidro do que água. Agate e James riam e conversavam. Tudo parecia perfeito, até James virar-se e Julia vê-lo como ele era. James parecia ter saído das páginas de um conto de fadas, uma criatura mítica que poderia carregar a irmã dela para o céu e nunca mais voltar.

Julia partiu para cima dele.

— Deixa a minha irmã em paz!

— Só estamos sentados aqui — James tranquilizou-a. — Ou estávamos.

Agate colocou-se entre eles. Enlaçou Julia num abraço.

— Por favor, fique do nosso lado. — Havia lágrimas brilhantes nos seus olhos. — Já teremos bastante gente que ficará contra nós.

— Então é claro que estou — Julia contou-me quando estávamos ali sussurrando na floresta — do lado deles.

E claro que eu também estava.

Como agora éramos oficialmente irmãs de alma, juramos manter o segredo deles. Julia e eu firmamos um pacto de que faríamos o possível para ajudar James e Agate no verão. E foi assim que selamos nossa amizade.

Com confiança.

Depois disso, sempre que eu tinha tempo livre e terminava minhas tarefas, saía de fininho do pomar. Havia uma onda de calor, e o ar vibrava com a temperatura pairando em torno dos 35 graus. Eu geralmente me encontrava com Julia na margem do lago sem fundo em que ela fora parar no escuro da noite em que viu James pela primeira vez. O lago localizava-se exatamente entre as nossas propriedades. As pessoas o chamavam de Último Lago porque realmente era o último lago de Sidwell. Todos os outros haviam secado anos atrás durante uma onde de calor que durou um verão inteiro, quando não caiu uma gota de chuva. Diziam que os peixes de todos esses outros lagos criaram pés e atravessaram os campos, indo parar no Último Lago. Realmente havia muitos peixes lá. Passamos um tempo na margem para vermos suas silhuetas prateadas e azuis passando abaixo da superfície da água. Também havia muitas rãs na parte rasa, onde os lótus flutuavam. Alguns lírios aquáticos eram brancos, outros amarelos, e havia também os rosa muito claro. Libélulas disparavam acima da água, com asas iridescentes que cintilavam à luz do sol.

Eu não podia nadar por causa do gesso, mas gritava "Polo" toda vez que Julia gritava "Marco", enquanto ela nadava espirrando água. Depois ficávamos deitadas no deque de madeira que meu avô usara para pescar. Líamos nossos livros ali ao ar livre e enfeitávamos nossos cabelos com lírios, e também conversávamos sobre o futuro, quando dividiríamos um apartamento em Nova York.

E foi assim que, num dia perfeitamente perfeito, eu vi de novo. Numa pedra ao lado do Último Lago.

A pichação azul.

Julia ainda não havia chegado, então me virei e me posicionei de cabeça para baixo. E lá estava novamente. O rosto de uma coruja.

Julia e eu nos encontrávamos no deque de manhã tão cedo que não havia uma alma por perto. Era a melhor hora do dia. Até as rãs ainda dormiam. Alguns pardais mexiam-se nos arbustos e pombas arrulhavam por perto quando Julia chegou. Ela viu a pintura azul logo de cara.

— O que é isso?

Fomos nos sentar no deque e contei tudo a Julia, disse que o monstro azul era uma coruja de cabeça para baixo, que um senhor de idade muito esperto dissera que talvez não fosse o que parecia, que as pessoas estavam aborrecidas porque alguém roubava coisas das casas e lojas, deixando a marca de um monstro por toda a cidade.

— No Brooklyn tem pichação e não é nada de mais, faz parte de Nova York. Muita gente acha que é arte.

— Bom, não temos isso em Sidwell — disse. — E essa pichação dá a impressão de ser, sem dúvida, uma mensagem, só que não faço ideia do que significa.

— Eu chutaria que alguém está fazendo uma brincadeira. Alguém que viu muito filme assustador e acredita em toda essa bobagem sobre o Monstro de Sidwell.

— Se os roubos e as pichações não pararem, eles vão caçar o monstro. E, se encontrarem James, está tudo acabado. Vão culpá-lo por tudo.

— Poderíamos proteger ele se encontrássemos o verdadeiro culpado — sugeriu Julia.

Era uma ideia perfeita. Na mesma hora, começamos uma lista dos passos que deveríamos dar:

Um: Checar a seção de tintas em spray da loja de materiais de construção.

Dois: Falar com o Dr. Shelton.

Três (e essa dava um pouco de medo, mas talvez as coisas no Brooklyn fossem feitas assim, porque foi ideia de Julia): Encontrar-se com o culpado.

Enquanto isso, íamos ajudar Agate e James, atuando como mediadoras. Eles haviam começado a trocar cartas, como os amores impossíveis de livros antigos. Às vezes, Julia me dava uma carta da irmã para levar a James. Agate usava um papel antigo, do tipo que eu nem sabia que ainda faziam, um papel pergaminho de cor creme. Havia uma abelha dourada impressa atrás do envelope. Outras vezes, eu estava com um bilhete de James para Julia levar a Agate. Ele usava o papel pautado e os envelopes finos azuis que eu encontrara na escrivaninha de minha mãe. Descobri que ela tinha muito material de papelaria e selos, como se estivesse se correspondendo por muito tempo com alguém, mas não que alguma vez eu a tenha visto escrevendo para alguém, nem que ela tenha recebido alguma correspondência pessoal. Eram só folhetos de propaganda e contas para pagar, e agora o *Arauto de Sidwell* chegava todos os dias.

Quando eu levava as mensagens do meu irmão para Agate, quase conseguia ler o que ele escrevia através do envelope lacrado, mas não muito bem.

Julia e eu sorríamos uma para a outra quando trocávamos essas cartas de amor, mas também estremecíamos, e não por colocarmos a ponta do pé no lago gelado. Nós duas tínhamos a sensação de que algo poderia dar errado de forma terrível. Não fora isso que aconteceu com Agnes Early e meu tataravô Lowell? O primeiro amor que fora amaldiçoado?

Planejamos descobrir mais coisas sobre Agnes e Lowell, e pegar o artista das pichações, mas era verão e tínhamos tantas outras coisas a fazer, do tipo de coisa que só é possível fazer quando as aulas acabam e você tem muito tempo. Andávamos de bicicleta para todo lado, visitamos todas as bancas de sorvete de Sidwell — havia quatro — e decidimos nossos sabores favoritos. O de Julia era o picolé de menta, e o meu, claro, de maçã e canela. Nas tardes chuvosas, ficávamos esparramadas no banco da janela do quarto de Julia para ler. Eu estava no meio do *Livro Vermelho de Contos de Fada*, de Andrew Lang, e Julia escolhera o *Livro Violeta*. Encontramos um livro de receitas de 1900 na despensa e, em alguns dias, assumíamos o controle da cozinha da Pomba da Lamentação para fazer sobremesas que provavelmente não eram feitas em Sidwell havia cem anos: muffins de biscoito integral, pavê de banana, merengue de laranja. Colhíamos flores do campo e pressionávamos entre folhas de papel-manteiga, pensando na poeta Emily Dickinson. Pintávamos as unhas com cores escolhidas por causa dos nomes: Primeira Luz (prata-perolado), Sábado à Noite (vermelho-vivo), Piquenique (verde-menta), Verão (um azul delicado da cor do céu em julho era o meu favorito pessoal, ainda que qualquer coisa azul me fizesse pensar na pichação).

Um dia, quando andávamos pela cidade, vimos que nos encontrávamos bem em frente à Loja de Materiais de Construção Hoverman. Julia e eu nos entreolhamos e dissemos "Lata de spray" exatamente ao mesmo tempo. Estávamos prontas para dar o primeiro passo da lista.

Quando entramos, um sininho acima da porta tocou. Eu geralmente achava esse som bonito, como uma fada rodopiando acima da nossa cabeça, mas dessa vez meu coração quase pulou do peito. Julia também pareceu um pouco nervosa. Quando você decide encontrar as respostas para as suas perguntas, tem de estar preparada para se surpreender com o que descobrir.

Fomos à seção de tintas e demos uma olhada. Adorei os nomes das cores. Alguns eram tão bons quanto os dos nossos esmaltes. Julia e eu debatemos sobre quais eram os melhores: Havia Sorvete (imaginei de baunilha, Julia disse que poderia muito bem ser morango), Bananarama (amarelo-claro, era óbvio — concordamos nisso), Abra o Coração (vermelho de amor? Verde de sinal aberto? Concluímos que seria rosa de amor incondicional) e Borboleta (votei em laranja, como da borboleta-monarca. Julia sugeriu verde-claro, como as asas da mariposa-do-repolho). Por um tempo, afastei-me e fiquei parada nos azuis: Aquamania, Fuga do Mar, Lua Azul, Garça Azul, Azulão.

Julia me guiou para fora dali.

— As latas de spray não estão aqui. Já procurei por toda a loja. Parece que desapareceram.

Finalmente as avistei e apontei para cima. As tintas em aerossol estavam empilhadas numa prateleira alta e trancadas dentro de uma tela de arame. O idoso Sr. Hoverman aproximou-se, carregando pás. Até a Srta. Larch o descreveria como um ancião.

— A sete chaves — disse ele a respeito das tintas para as quais olhávamos.

— Por que isso? — perguntei.

— Pichação pela cidade. O prefeito me pediu que anotasse o nome e o endereço de todo mundo que comprar delas. A pessoa precisa assinar o meu caderno. Depois pego a minha chave e deixo levar o que quiser.

— O senhor lembra quem comprou tinta em spray antes de ter que trancar tudo? — perguntou Julia.

— Vocês meninas estão tão más quanto o xerife com todas essas perguntas. Minha memória já se foi quase toda, mas direi a vocês o que disse a ele: Mark Donlan, que estava pintando os móveis do terraço. Helen Carter, que queria pintar uma bicicleta velha. Uma menina que disse que ia pintar estrelas prateadas.

Julia e eu sorrimos uma para a outra. Essa tinha sido ela, para o teto.

— E um menino que nunca vi antes. mais ou menos da sua idade — disse o Sr. Hoverman.

Julia e eu trocamos um olhar.

— O senhor lembra como ele era? — perguntei. — E de alguma coisa dele?

— Eu mal lembro como eu sou — brincou o Sr. Hoverman. Pelo menos achei que brincou. Ele estava quase chegando a um século e conhecera e vira muita gente durante a vida. — Quem quer que fosse, podem ter certeza de que não vai mais comprar nenhuma tinta sem assinar o meu caderno.

Realmente não ajudava muito saber que o culpado era um menino da nossa idade. Não podíamos sair por aí perguntando a todo mundo que se encaixasse nessa descrição. Pistas eram coisas engraçadas. Algumas úteis e algumas não, e outras apareciam quando menos se esperava.

Finalmente encontramos uma pista no porão da Pomba da Lamentação numa tarde de garoa quando estávamos no chalé à procura de mais livros de receita antigos. Empurramos a porta pesada de um depósito, e lá estava, como se aguardasse, educadamente, por todo esse tempo, que o encontrássemos. Na luz da nossa lanterna, avistamos algo branco no chão, perto de um cesto de carvão que não era usado havia décadas. Um pedaço de papel enrugado e translúcido. As pontas estavam amareladas, e ficamos com medo que o papel se desmanchasse se o segurássemos por muito tempo.

Porões são lugares estranhos, onde as pessoas enfiam pedacinhos do passado, mas a última coisa que esperávamos era encontrar uma mensagem. Estava claro que ninguém descia ali há anos, a não ser que as aranhas contassem. Havia dezenas delas.

Erguemos a lanterna e começamos a ler.

O que começa de um jeito deve terminar do mesmo jeito.

As letras AE estavam rabiscadas abaixo dessa linha.

— Agnes deve ter escrito isso — disse Julia.

Tinha de ser parte do encanto.

— Talvez ela tenha mudado de ideia em relação à maldição — falei —, e quis garantir que houvesse uma forma de acabar com ele.

Examinamos a frase que ela escrevera, e finalmente me ocorreu algo. Para desfazer um encanto, era preciso recriá-lo. Então ele se desenrolaria, como um carretel com linha.

— Temos que descobrir exatamente o que ela fez.

Demos um aperto de mãos e concordamos.

Íamos acabar com a maldição do jeito que ela começara.

Decidimos contar nossos planos a Agate e revelar tudo o que sabíamos sobre o passado das nossas famílias. Ela tinha um emprego de consultora no acampamento de verão na Prefeitura e era responsável pelo figurino da peça. Esperamos por ela no fim do dia. O sino da torre do prédio tocava todo dia às 18h. Era tão alto que podia ser ouvido por toda a cidade, até no alto das montanhas, se a pessoa escutasse com atenção. Quando atravessei o pomar de macieiras e ouvi o sino de longe, o som me deixou feliz por morar em Sidwell, onde as pessoas se importavam com coisas ultrapassadas, como bibliotecas e torres de sino, e onde havia alguém como a Srta. Larch, que fazia questão de não deixar nossa história ser esquecida.

— Que surpresa encontrar vocês duas aqui — disse Agate, animada ao nos ver. Estava com pedaços de linha e fita presos na roupa.

— A cidade é pequena — falei.

— E você é a melhor irmã nela — acrescentou Julia, tirando um alfinete perdido da manga dela.

— Estou ficando desconfiada. — Agate riu. — Ou vocês querem algo de mim ou têm uma notícia ruim.

Na verdade, era um pouco dos dois.

Andamos pela cidade de braços dados.

— O que você acha da peça? — Julia perguntou à irmã.

— Você não odeia o modo como a bruxa é tratada? — Entrei no meio da conversa.

— É só uma peça. — Agate deu de ombros. Ficou claro que ela prestava mais atenção no figurino do que no enredo.

— Mas essa é especial — Julia informou à irmã. — Ela é a nossa bruxa.

Sentamos Agate num banco da praça de frente para o centro de informações turísticas e contamos tudo o que sabíamos: que Agnes Early se apaixonara e que fora traída. O resultado foi a maldição que afetara meu irmão.

— Não acredito em maldição — disse Agate. — É como acreditar em monstros.

— Ou em meninos com asas? — perguntei.

Houve um silêncio. Ela entendeu meu argumento. O que acontecia em Sidwell não acontecia em outros lugares. Julia me contara que Agate implorara a meu irmão que a levasse num voo, mas ele recusara. James queria ser apenas mais uma pessoa normal, o menino que atravessou o pomar andando para se encontrar com ela. Em Sidwell, entretanto, as coisas funcionavam de um jeito diferente, e a vida não era sempre o que você queria que fosse.

— Não sabemos o que aconteceu com Agnes ou Lowell, mas planejamos descobrir. Só sabemos que a maldição ainda está com a gente — prossegui, uma vez que a verdade foi absorvida. — Por isso minha mãe ficou tão perturbada quando sua família se mudou para a casa ao lado. Sentiu medo de que acontecesse de novo.

— E, se acontecer, será tudo culpa minha —disse Agate com tristeza.

Ela foi embora, correndo pelo gramado. Disparamos atrás dela. Por sorte, consegui ser rápida o bastante para alcançá-la antes que escapasse.

— Com toda certeza, não seria culpa sua — disse a ela.

Julia havia nos alcançado e fazia o possível para retomar o fôlego.

— Em primeiro lugar, aconteceu há mais de duzentos anos — falou ela.

— Em segundo, vamos consertar — disse eu a Agate.

— O que começa de um jeito tem que terminar do mesmo jeito — Julia e eu falamos exatamente na mesma hora.

Agate deu um abraço em nós duas.

— Farei com que o figurino da bruxa seja o melhor. Afinal, ela é a nossa bruxa.

Depois disso, Agate trabalhava até tarde no acampamento, tomando um cuidado especial com o figurino da bruxa. Quando chegava em casa, geralmente adormecia aninhada no sofá.

— Como ela pode ser tão bonita e ainda tão bondosa? — perguntei. Dezesseis anos era tão diferente de doze.

— Ela simplesmente é — disse Julia com orgulho. — Sempre foi e sempre será.

Não era de admirar que meu irmão estava sob seu encanto. Diziam que a primeira Agnes Early encantara meu tataravô com sua bondade e beleza. Agora a mesma coisa parecia acontecer de novo. James saía de casa todo dia no começo da noite, às vezes antes de escurecer. Ele simplesmente saía pela porta da frente e andava pelo pomar, como um menino comum, depois se encontrava com Agate ao lado de um muro velho de pedra, onde ficavam de mãos dadas como qualquer casal jovem. James evitava o sótão, ficando fora a maior parte do tempo. Tentei alimentar sua corujinha, Raio, com pedaços de hambúrguer e torrada seca, mas ela não comia quando James não estava. Esperava à janela, olhando para fora.

Um dia, de manhã, quando fui pegar nosso exemplar do *Arauto de Sidwell,* notei que alguém escrevera em letras muito miúdas na nossa porta dos fundos. Fiquei tonta, então me sentei. Encarei a mensagem. Havia a palavra *ajudem,* junto com um grupo pequeno de presas. Corri para a garagem, peguei uma lata velha de tinta verde e pintei rapidamente por cima daquilo. Enquanto o fazia, tive de me perguntar: Alguém de fato estava pedindo ajuda? Ou apenas queria criar suspeita contra o meu irmão?

Não consegui parar de pensar na mensagem. Toda vez que passava pela porta, via a sombra da palavra e do desenho debaixo da tinta verde e pensava em quem poderia precisar de mim do seu lado.

As pessoas da cidade pareciam mais perturbadas com as aparições do Monstro de Sidwell do que com a possibilidade de derrubarem a floresta. O Grupo da Fofoca começou a fazer reuniões na Prefeitura à noite. Logo, pessoas de fora do grupo começaram a participar. Vi até mesmo a Sra. Farrell, minha professora de inglês, sair da reunião com alguns amigos.

— Olá, Twig — acenou ela.

— A senhora vai a essas reuniões de monstro? — perguntei. Quando discutimos *O Morro dos Ventos Uivantes*, a Sra. Farrell me disse que nenhum homem era um monstro, nem mesmo Heathcliff, e que a maioria das maldades feitas pelas pessoas tinha origem no tratamento que haviam recebido no mundo.

— Bom, não sou de acreditar nesse tipo de coisa, mas algo deixou Emily Brontë apavorada — respondeu ela, falando de sua gata amada. — Agora ela não quer mais sair para o quintal. — Ao ver minha expressão preocupada, ela acrescentou: — Nós todos só queremos que Sidwell seja segura.

O *Arauto de Sidwell* estava muito melhor desde que o Sr. Rose assumira. Agora havia palavras cruzadas e horóscopo, e uma seção de resenhas de livros, a maioria delas escrita pela Srta. Larch, uma verdadeira amante da literatura. Fiquei desanimada, porém, ao ler o registro policial naquela noite. Geralmente, ele era cheio de menções a cachorros perdidos, carros quebrados, e chaves e carteiras perdidas. Mas um item me deixou paralisada. Turistas de Boston entraram com o carro numa valeta após passarem dos limites da cidade e ainda se encontravam em estado de choque quando a polícia chegou. Depois de receberem garrafas de água gelada e tempo para se recuperarem, os turistas relataram a visão de uma criatura alada voando acima deles, e o terror total os levara a sair da estrada. Estavam tão perturbados que recusaram a oferta de camisetas do Monstro de Sidwell como cortesia e de um jantar gratuito na Lanchonete Starline.

Todos os dias havia mais relatos. Um motorista de caminhão avistou o que disse ser um dinossauro, ou talvez um gavião. Sally Ann disse que uma criatura ficara sentada no telhado da lanchonete e deixou pedaços de papel azul amassado. Crianças no Último Lago olharam para o alto depois de nadar, gritaram, largaram as toalhas e correram para casa a fim de contar aos pais que um gavião enorme do tamanho de um homem os assustara de lá. Quando o xerife Jackson foi explorar o local, encontrou duas penas pretas, azuladas e brilhantes na margem. Elas foram examinadas por toda a força policial, três policiais e uma secretária, a Sra. Hardy, antes de ser colocada para exposição na sala de história de Sidwell, sob os cuidados da Srta. Larch.

Fui até lá ver com meus próprios olhos. Era hora do almoço, e a Srta. Larch comia uma seleção de sanduíches de pepino e de alface com o seu amigo ornitólogo. Era a oportunidade perfeita para completar o segundo passo do nosso plano: Questionar o Sr. Shelton.

A Srta. Larch serviu-nos chá de Dragão Branco, que, segundo ela, dava coragem e coração aberto a quem o bebia. Quando foi pegar o pote de açúcar e guardanapos, sentei-me ao lado do Sr. Shelton. Ele ainda cheirava um pouco a musgo, como se tivesse caminhado pela floresta pouco antes. Parecia preferir os sanduíches de pepino aos de alface. Provei um e me surpreendi ao ver como era delicioso. Pensei em preparar todo tipo de sanduíche de hortaliças nesse verão: tomate com manteiga, aspargos com cream cheese, vagem e pasta de amendoim.

— O que o senhor acha de todo esse burburinho a respeito de um monstro? — perguntei, só para ter uma ideia da opinião do Sr. Shelton.

— Bobagem inútil — respondeu ele.

— E as pichações?

— *Não leve a nossa casa embora* mais o rosto de uma coruja. Se juntar, o que dá...?

Entendi de repente o que ele queria dizer.

— A área onde as corujas fazem ninho! Essa é a casa delas.

— É o que eu pressuporia se estivesse pressupondo alguma coisa. — O Dr. Shelton pareceu tão orgulhoso de mim que me senti uma aluna exemplar.

— Alguém quer tirar a casa das corujas?

— Às vezes, a parte mais importante da pesquisa é fazer a pergunta certa. Acho que você daria uma excelente pesquisadora. Muito provavelmente, um bocado melhor que a maioria dos cientistas da universidade que examinarão a nova exposição. — O Dr. Shelton acenou com a cabeça para a caixa de vidro.

— Cientistas? — Não gostei do que ouvi.

— Que farão o teste de DNA das penas.

Pensei sobre isso enquanto bebíamos nosso chá e tomei uma decisão. Talvez houvesse alguma relação com os efeitos do chá de Dragão Branco. Senti mesmo como se tivesse mais coragem.

Agradeci à Srta. Larch o almoço e, em seguida, andei na direção da porta. Parei diante da caixa de vidro onde as penas estavam expostas sobre um tecido azul enrolado. Olhei para trás e vi a Srta. Larch arrumando as xícaras e os pratos, então abri a caixa devagar, tomando cuidado para não deixar ranger. Coloquei as penas dentro do meu gesso.

Ergui o olhar e, por um instante, achei que o Dr. Shelton estivesse me observando, mas não consegui ter certeza. Saí como se nada acontecera, como se não tivesse nada a esconder, embora meu coração batesse forte. Depois corri para casa o mais rápido que pude.

Mal consegui dormir nessa noite. Eu nunca havia roubado nada antes, ainda que, em termos técnicos, não constituísse roubo quando a pessoa pegava algo que pertencia à sua própria família. Mesmo assim, eu sentia que cometera o crime de roubo de penas. E me senti mal especialmente quando refleti sobre o que a Srta. Larch pensaria ao ver que elas não estavam lá. Acabei pegando no sono, mas, quando acordei no meio da noite, achei que a lua fosse o farol do carro da polícia.

No dia seguinte, peguei o jornal à procura de uma matéria sobre o roubo na sala de história da Prefeitura, imaginando que seria uma notícia de primeira página, uma vez que não acontecia muita coisa aqui. As penas desaparecidas, no entanto, só foram mencionadas de forma breve na penúltima página, logo abaixo de uma matéria sobre um gato perdido, chamado Nervosinho. Fiquei contente por ver que o Sr. Rose escrevera um editorial sobre a importância da Floresta Montgomery para a cidade de Sidwell.

Fui até a casa de Julia para contar a ela sobre o Dr. Shelton e o fato de eu perceber que a mensagem pichada tinha algo a ver com as corujas que faziam ninho.

— Se for alguém que está do lado das corujas — disse Julia, pensativa —, não pode ser uma pessoa tão ruim.

Eu não disse nada, mas, durante o dia todo, enquanto terminávamos as estrelas no teto do quarto dela, perguntei-me se James estaria por trás das mensagens pichadas. Ele me mostrara a área dos ninhos, e eu vira com meus próprios olhos os filhotes de coruja se empoleirando nos ombros dele.

Acabamos a última estrela no teto do quarto, quando a Sra. Hall subiu com uma folha de papel enrolada. Parecia muito velha e empoeirada.

— Vejam isso, meninas — disse ela, animada. — Este é o projeto para o jardim original.

A Sra. Hall encontrara o documento antigo na prateleira mais alta da biblioteca, escondido debaixo de mapas de Sidwell. Ela nos contou que parecia um jardim colonial localizado onde agora crescia um emaranhado de ervas daninhas. O projeto incluía quatro passagens de cascalho que se encontravam no meio com um círculo de pedras em torno de um jardim de flores do campo. Em letras com voltinhas nas pontas, estava impressa a frase *Faça o jardim perto da residência, para beleza e decoração, e, acima de tudo, para a razão.* Havia uma lista de ervas usadas: atanásia, salsinha, sálvia, faia-da-terra, tomilho, lavanda, alecrim, menta, mil-folhas, losna e camomila.

O Dr. Hall chegou do hospital e, depois de examinar o projeto do jardim, explicou que muitas das ervas tinham valor medicinal.

— Algumas ainda são usadas hoje em dia. Se a pessoa tiver dor de estômago, deve comer salsinha. Se estiver nervosa, deve repousar a cabeça num travesseiro de lavanda.

Isso explicava por que eu me sentia tão relaxada depois de comer a pasta de mel e lavanda que minha mãe fazia. O médico nos dissera que até a rosa tinha um propósito, pois com as pétalas e os frutos se fazia um chá calmante. Tive a impressão de que recriar o jardim de Agnes Early fazia parte do feitiço.

O que começa de um jeito tem que terminar do mesmo jeito.

Era o começo do acerto das coisas. Era o que pretendíamos fazer.

Julia e eu recebemos permissão para começar o trabalho de imediato. O Dr. Hall nos levou de carro ao horto central na Estrada de Milldam, e nós duas usamos nossas economias para comprar o máximo de plantas possível. O dono do horto, o Sr. Hopper, acrescentou algumas plantas murchas de graça quando ficou sabendo de nosso empenho.

— Não esqueçam que é um jardim de bruxa que estão planejando — disse ele, ao nos ajudar a pôr tudo no carro.

— Está bem — disse Julia. — Gostamos de bruxas.

— Achamos que elas têm sido perseguidas de forma injusta — acrescentei.

Avistei o Sr. Rose no caixa. Ele estava comprando uma roseira com flores enormes, cor-de-rosa com o centro amarelo-creme. Eram meio amarelo-limão, rosadas e fragrantes. O Sr. Rose acenou, e acenei para ele também. Eu não tinha a intenção de gostar dele, mas, por algum motivo, gostava.

— Li seu editorial — gritei de longe, enquanto seguíamos para o estacionamento.

— Aprovado ou não? — gritou ele.

— Ah, aprovado. Com toda certeza.

Assim como eu aprovava sua escolha de rosas.

Julia e eu trabalhávamos no jardim sempre que tínhamos a chance. Era difícil usar só um braço, mas fiz o melhor que podia e me tornei boa em cavar e plantar com uma das mãos. Não sabia se minha mãe se perguntava onde eu estava, e ela nunca mencionou nada. Nos verões antes da chegada dos Hall, eu passava a maior parte do tempo no pomar e agora supunha que era onde ela achava que eu estava. Minha mãe adorava jardins, então acho que não se aborreceria se ficasse sabendo que eu estava ajudando a criar um.

O Dr. Hall ajudou-nos a revolver a terra com uma pá e fez os caminhos de cascalho que cortavam o jardim em quatro partes iguais, de acordo com o projeto de Agnes Early. Ele disse que limpar o jardim limpava também a sua cabeça do trabalho no hospital. Era uma tarefa que sujava e dava calor, mas nenhum de nós se importava. Os passarinhos pareciam ainda mais interessados no que fazíamos quando começamos a plantar, e costumavam se reunir ao redor para olhar ou catar minhocas na terra revolvida. Aos poucos, o jardim voltou a ganhar vida. Tive a sensação de que Agnes Early teria se sentido feliz em vê-lo assim. De que talvez seu coração tivesse começado a se curar.

Uma tarde, quando fui ao Armazém comprar farinha e açúcar para minha mãe, entreouvi o Grupo da Fofoca discutindo acontecimentos recentes da cidade. Um deles disse que, se alguma vez visse o Monstro de Sidwell, daria um tiro e não ia errar. Antes que eu pudesse pensar melhor, soltei:

— Vocês só pensam em matar!

— Espere um minuto, Twig — o Sr. Stern me chamou. — Nem todo mundo pensa assim!

No entanto, era tarde demais. Eu já começara a correr até a porta. Saí brava e apressada, mesmo com o Sr. Stern sendo sempre tão legal comigo quando eu levava tortas e sidra para ele vender.

Fui correndo até chegar em casa. Depois que ouvi a conversa no Armazém, entendi por que James se recusava a levar Agate para voar sempre que ela implorava. Era perigoso demais, e ele começara a pensar melhor a respeito de passar tempo com ela.

Talvez ele estivesse certo em acreditar que seu destino era ficar sozinho no ar e na terra.

Eu não via a hora de consertarmos o que quer que tenha dado errado tanto tempo atrás. Trabalhamos no jardim todos os dias. Quanto mais plantas colocávamos, mais pássaros se reuniam cantando para nós. Quando Agate veio nos ajudar a capinar, descobrimos que ela sabia chamar as pombas da lamentação.

— James me ensinou. — Seu rosto demonstrava preocupação. — Você tem uma carta para mim? — perguntou. Eu odiava dizer não. — Achei que não tivesse mesmo. Ele não tem vindo mais me encontrar. Não sei por quê.

— Ele acha que está colocando você em perigo quando se encontram.

— Essa decisão não deveria ser minha? — perguntou Agate.

Eu não sabia a resposta. Só sabia que a maldição machucara gente demais.

Depois de plantarmos todas as ervas, ficamos ali paradas de mãos dadas. Aquela parte do jardim nos aproximava muito de completar a missão. As pombas voavam ao nosso redor, arrulhando com as vozes suaves. Era quase como se Agnes Early estivesse conosco, dando sua permissão para que prosseguíssemos. O ar vibrava de calor e magia.

Algo havia começado.

Para criar o jardim silvestre no centro do círculo, fomos à floresta e encontramos sapatinhos de vênus e samambaias, ásteres e florezinhas azuis em forma de estrela. Às vezes, eu ia à floresta depois do entardecer, em busca de flores que desabrochavam à noite. Um dia, enquanto ia para casa no escuro, pensei ter ouvido algo se mexendo perto dos espinheiros. Provavelmente um guaxinim ou esquilos. Mesmo assim, meus braços ficaram arrepiados, mesmo após eu andar por essa floresta a vida toda. Foi então que vi um clarão prateado. Uma lata de tinta em spray. Alguém estava ali na floresta. Avistei a sombra de um menino abaixando-se atrás de uma árvore. Parecia ter mais ou menos a minha idade e vestia-se de preto. No mesmo instante, ouvi uma sirene. Um carro com luzes de farol fortes e uma luz vermelha piscando aproximou-se por trás de mim na trilha. Era o xerife Jackson.

— Twig — chamou o xerife. — O que está fazendo, andando por aí no escuro?

Hesitei. Eu acabara de pegar o artista no flagra, mas não queria entregá-lo antes de entender por que ele fingia ser o Monstro de Sidwell.

— Es-estou indo para casa jantar — gaguejei.

— Pela floresta? Você não ia gostar de deparar com o monstro, ia? Foi perto daqui que aquelas penas foram encontradas. Elas desapareceram da Prefeitura. Tem alguém que não é confiável por aqui.

— Tomarei cuidado — disse a ele, com o coração batendo rápido.

— OK. Vá direto para casa.

O carro se afastou, mas permaneci parada. Falei à escuridão:

— Não vou te entregar. Só quero saber quem é você.

Não houve resposta.

— Quero te ajudar — disse à floresta ao meu redor.

Quando cheguei em casa, minha mãe esperava por mim na varanda. Contei a ela sobre o grafite, sobre todos acharem que o monstro estivesse por trás disso, e o fato de o xerife Jackson passar pela floresta em busca de quem tivesse culpa.

Minha mãe pôs o braço em volta dos meus ombros.

— Agora que estão procurando por alguém, podem encontrar James. Não sei o que vai acontecer se encontrarem.

Minha mãe geralmente não contava suas preocupações. Sempre queria passar a impressão de forte, mas agora estava pálida, e parecia ter chorado.

— Deve haver uma cura para a maldição — disse-lhe com segurança. Eu havia lido isso em algum lugar, na letra de uma cantiga.

— Ah, Twig. O tempo para a cura já passou.

— Mas talvez exista outra cura, uma cura que ninguém conhece. — Eu não estava pronta para contar a ela sobre os planos que tive com Julia para desfazer o feitiço de Agnes Early. Não antes de ter certeza que funcionariam.

— Queria que existisse. — Minha mãe parecia mais aberta para conversar do que de costume. Víamos vagalumes da varanda. Era como se tudo pudesse acontecer, bastava acreditarmos ser possível.

— O que mais você deseja? — Minha mãe geralmente se fechava quando eu perguntava qualquer coisa pessoal demais. Talvez ela ficasse muito triste. Talvez ela desejasse que as coisas tivessem acontecido de um jeito diferente, e que pudéssemos ter mais do tipo de vida que as outras pessoas tinham.

— Eu queria poder voltar no tempo — falou ela.

Imaginei que ela quisesse quebrar o feitiço.

— Para duzentos anos atrás?

Ela riu.

— Não, não tão longe assim. Não consigo me imaginar vivendo na época em que havia bruxas e maldições. Só gostaria de voltar para quando morávamos em Nova York.

Essa foi a época em que fizemos o máximo para ser pessoas comuns, quando o futuro parecia talvez ser feliz. Quando meu pai estava presente.

— Vamos contar os vagalumes — disse minha mãe.

Era um antigo jogo nosso, e chegamos a dois mil antes de desistir. Havia tanta luz no mundo que sabíamos que nunca seríamos capazes de contar todas.

No dia seguinte, ajudei com as tortas lá fora, na cozinha de verão. Eu me sentia mais próxima da minha mãe agora que tínhamos conversado. Nós duas queríamos a mesma coisa: a segurança de James. Minha mãe parou para me ensinar como fazer massa de torta, o que é mais difícil do que se pode imaginar. O melhor tipo é feito com água gelada e farinha muito pura. Depois ela me contou o segredo da torta de maçã Cor-de-Rosa. Sussurrou que o ingrediente responsável por deixá-la tão doce era a geleia feita com os nossos próprios morangos e framboesas, mas me fez prometer nunca contar a ninguém a não ser à minha própria filha algum dia.

Saí da cozinha de verão quando minha mãe estava esperando a última torta acabar de assar. Era uma tarde de julho tão perfeita que não conseguia me imaginar morando em qualquer lugar que não fosse Sidwell. Eu amava o pomar cheio de sombras verdes e aquela luz dourada atravessando a floresta. Não lembrava muita coisa de Nova York, embora meu irmão tivesse descrito as grandes avenidas, os prédios prateados e o nosso apartamento pequenino com vista para o rio.

Eu estava pensando na cidade de Nova York, em passear lá um dia, só para sentir como era, em ir ao teatro ver uma peça de verdade, não apenas uma peça sobre a Bruxa de Sidwell, quando notei algo ao lado da varanda. Estava embrulhado num burlap. Eu não via o que era, mas consegui sentir o cheiro de longe: a fragrância de bala de limão das rosas especiais do centro de jardinagem.

O Sr. Rose havia ido à nossa casa. Eu não disse nada sobre o presente que ele deixara para a minha mãe, mas isso fez com que eu gostasse ainda mais dele. Outras mulheres teriam preferido uma caixa cheia de rosas de caule longo, mas minha mãe gostava mais de coisas antigas, flores do tamanho de uma xícara de chá que ela poderia cultivar durante anos. O Sr. Rose parecia conhecer isso sobre ela.

De manhã, fiquei surpresa ao encontrar a roseira ao lado da lata de lixo. Talvez o Sr. Rose devesse ter batido à porta e dado o presente em mãos à minha mãe, mas eu entendia como era ser tímido. Decidi levar a roseira para a casa de Julia, apesar de ter dificuldade para carregá-la. Quando a plantamos no jardim da bruxa, o perfume das flores lembrava tortinhas de limão e cereja e torta de maçã Cor-de-Rosa, tudo misturado numa brisa deliciosa.

— São perfeitas — disse Julia. E eram.

O verão passava rápido demais. Já era final de julho, hora de tirar o meu gesso no hospital. Fiquei nervosa, mas não doeu. O braço do gesso estava muito mais branco e um pouco duro, mas a cada dia parecia se tornar cada vez mais forte. Era tão maravilhoso ter dois braços de novo que dancei na grama e subi numa árvore, com mais cuidado dessa vez. Depois, Julia e eu comemoramos nadando no Último Lago. Nadar nunca fora tão maravilhoso nem tão gelado e refrescante. Até então o verão tinha sido bom de uma maneira excepcional. Eu tinha uma melhor amiga e nós havíamos terminado de fazer o jardim de ervas, e, além disso, eu aprendera a fazer massa de torta e sabia o segredo da torta de maçã Cor-de-Rosa. No entanto, eu ainda não conseguia dormir à noite, não antes de ouvir James voltar para casa. Às vezes, ele ficava sentado no telhado. Eu me perguntava se alguém já se sentira tão sozinho quanto ele. Raio, a corujinha, havia se curado e reaprendera a voar. Agora ela ia com meu irmão nas jornadas pela floresta. A corujinha poderia ter permanecido lá, mas sempre voltava com James, na hora em que todas as outras aves estavam acordando. Muitas das que James salvara voltavam e ficavam empoleiradas nos galhos das árvores. Era comovente ver a confiança que elas tinham nele.

Meu irmão ficou no telhado nos primeiros raios de luz do dia. Olhava para o norte, para as copas das árvores, na direção das montanhas, onde poderia ser livre. Ele não precisava me contar o que estava planejando. Cedo ou tarde, chegaria a manhã em que ele não voltaria.

Eu sabia como James se sentia em relação à paz que encontrava na floresta. Quando eu ia para lá sozinha, sempre me sentia reconfortada pelo canto dos pássaros e pela folhagem densa. Queria encontrar o lugar onde as corujas-serra-afiada faziam ninho, mas ficava tão no fundo da floresta e tão escondido que eu nunca conseguia encontrar o local exato a que meu irmão me levara. E, então, um dia vi letras azuis pintadas numa pedra.

SIGA.

Meu coração parecia que ia sair pela boca.

Continuei andando, até perceber que entrara na área de ninhos das corujas. Prossegui e vi uma pintura em outra pedra. Esta dizia OLHE PARA CIMA.

Ali, na árvore acima de mim, havia uma casa da árvore rústica, um abrigo simples feito de uma plataforma de madeira coberta por telhas. O amigo da Srta. Larch estava sentado ali. Não era de admirar que o Dr. Shelton cheirava a musgo; ele morava numa árvore.

— Olá — disse.

Ele levou um susto e pegou uma vassoura, imagino que para se proteger. Depois falou:

— Twig.

Acenou a cabeça como se me esperasse, e me senti um pouco lisonjeada só pelo fato de ele se lembrar de mim.

— Não fique vagando por aí — disse ele. — Suba.

O Dr. Shelton jogou uma escada de corda. Por cerca de meio segundo, hesitei. Depois subi. Ele tinha um colchonete enrolado, uma mesa e uma estante de livros feita de galhos.

— Você é uma boa escaladora — falou.

Levei o elogio a sério.

— Por isso me chamam de Twig.

Ele tinha uma coleção de binóculos e cadernos. A mesa estava coberta de penas. Pensei ter reconhecido a colcha dele como a que minha mãe havia pendurado no varal para secar ao sol.

— Alguém me deixou uma mensagem para encontrar o senhor — disse.

Estava mais que desconfiada de que ele era o ladrão a que o Grupo da Fofoca se referia.

— O senhor se importa se eu perguntar o que está fazendo aqui em cima? — perguntei.

O amigo da Srta. Larch pôs a mão no bolso e pegou seu cartão. Ele era *Professor de Ornitologia, Aposentado, Ph.D da Universidade de Cornell.* Abaixo do nome estava escrito *O Homem da Coruja.*

— Minha especialidade.

— As corujas-serra-afiada pretas. — Exatamente como meu irmão me contara.

Ele assentiu com a cabeça.

— Se eu conseguir provar que elas são específicas desta área e que vão enfrentar a extinção se as construções começarem, posso impedir a derrubada da floresta.

— É o senhor que está fazendo as pichações?

— Não. Mas não posso dizer que sou contra elas. O autor está do lado da floresta.

— É a mesma pessoa que lhe trouxe a colcha?

— Se for, então é uma pessoa generosa — disse o Dr. Shelton. — Se eu lhe contasse mais, seria um desgraçado de um ingrato.

— Ele é generoso com os pertences de outras pessoas. — Na verdade, a colcha era tão velha que não sentimos muita falta dela, e eu realmente não me importava que o Dr. Shelton a usasse, já que ele precisava mais do que nós.

— Se meu raciocínio estiver correto, eu diria que ele é até mais generoso com os pertences dele. Ele quer dar os próprios pertences a toda a cidade de Sidwell.

Enquanto eu ia andando para casa, achei melhor não julgar o que não entendia. Isso não significava, porém, que eu pararia de tentar chegar ao fundo dos segredos de Sidwell.

CAPÍTULO CINCO

A mensagem e o mensageiro

Julia encontrou o diário quando não esperava deparar com ele. Essa parecia a forma de os encantamentos funcionarem, aparecendo quando menos se esperava. Todas as melhores coisas aconteciam assim, num dia comum que é como qualquer outro até tudo mudar de repente. Julia estava na biblioteca, a parte mais antiga do Chalé da Pomba da Lamentação, onde as prateleiras eram cheias de volumes empoeirados e gastos pelo tempo, sobre coisas como fabricação de queijo e boas maneiras à mesa. Havia uma pequena escrivaninha de mogno no canto. Não era o móvel mais bonito do mundo. Na verdade, era feio, com pernas curvadas e nada firmes e gavetas que emperravam e se recusavam a abrir quando o tempo estava úmido. Parecia que a escrivaninha cairia aos pedaços se alguém respirasse muito forte de frente para ela. A Sra. Hall estivera pensando em levá-la à loja de antiguidades

Blue Door na Avenida Principal para ver se eles gostariam de tentar vendê-la.

Julia queria enviar um cartão postal com uma foto de Sidwell à sua prima na Inglaterra. Abriu a gaveta para procurar uma caneta. Quando pôs a mão lá dentro, sentiu um trinco no fundo. Puxou o trinco e encontrou um espaço escondido. Dentro dele, havia um livro pequeno com encadernação de couro. O diário de Agnes Early.

Achamos mais que apropriado, se queríamos desfazer a maldição, lermos o diário no jardim de ervas. Julia me ligou e fui correndo até lá. Ela esperou até nos encontrarmos sentadas à sombra de um emaranhado de rosas que estavam todas abertas para virar a primeira página. Abelhas zumbiam por todo lado ao nosso redor. Estávamos prontas para voltar no tempo, o desejo de minha mãe e agora o meu também.

O que começa de um jeito tem que terminar do mesmo jeito.

Li a primeira linha em voz alta.

Este é um lugar onde posso abrir o coração.

E foi o que ela fez. Escreveu sobre o meu tataravô e os olhos verdes dele, sobre pensar nele enquanto trabalhava no jardim, plantando as mesmas ervas que cultivávamos agora: tanaceto, lavanda, menta. Ela planejava a vida que teriam juntos, para todo sempre. Ela e Lowell Fowler cresceram juntos, e todo mundo em Sidwell sabia que estavam destinados a se casarem um dia.

Os pais de Agnes, entretanto, achavam que ela era muito nova e, além disso, a Revolução Americana estava começando. O ano era 1775. A família Early vinha da Inglaterra e estava do lado do rei. Os Fowler, por outro lado, totalmente americanos, haviam se juntado aos rebeldes de George Washington para lutar contra o rei e seu exército de Casacas Vermelhas. Famílias que eram amigas e vizinhas viraram inimigas do dia para a noite. Aggie e Lowell não tinham mais permissão para se verem.

Então fizeram um plano secreto.

Vamos nos encontrar perto do lago no último dia de julho e fugiremos para Boston, onde nossas famílias não podem nos encontrar, para que possamos nos casar.

Quando Julia leu essa linha em voz alta, Beau começou a latir. Eu estava com os braços arrepiados de cima a baixo. Os grilos cricrilavam na grama alta. Era quase agosto. Eu sabia que Julia e eu pensávamos a mesma coisa: quando escreveu estas palavras, Agnes Early devia estar sentada exatamente no mesmo lugar em que nos encontrávamos agora.

Ele não apareceu.

Agnes aguardara com a mala feita. O vestido de noiva que ela costurara à mão, sempre alinhavando em segredo quando os pais estavam dormindo, dobrado com cuidado lá dentro. O local de encontro era o campo do outro lado do Último Lago, que na época se chamava Lago do Começo, pois os outros lagos ainda não haviam secado. Talvez isso tivesse feito parte da maldição também.

Ela esperou a noite toda. Lowell Fowler, porém, desaparecera sem aviso. Agnes foi à casa dos pais dele, que não sabiam de nada e não se aguentavam de preocupação. Os vizinhos deles procuraram na floresta e não encontraram pista alguma. Era como se ele nunca tivesse existido. Seu cavalo aguardava no celeiro, o cachorro andava pelo campo.

Agnes Early esperou um dia, uma semana, um mês, um ano. E depois ela desapareceu também. Antes de deixar Sidwell, fez o último registro no diário. Escreveu que combinara as ervas do jardim com duas pétalas da roseira que Lowell lhe dera de presente, uma espécie minúscula que viera lá da Inglaterra de navio e florescera no dia em que ele desapareceu. Na noite da primeira lua cheia de agosto, Agnes criou o encanto que amaldiçoou para sempre os homens da nossa família.

Que ele fuja de mim voando, se é isso que deseja! Que ele tenha asas!

Ela nunca mais escreveu.

Fiquei andando pela floresta para refletir sobre as coisas, tentando entender o que poderia ter feito Lowell deixar Agnes Early sem dar nenhuma notícia. Talvez ele não quisesse magoá-la? As pessoas com frequência magoam aquelas que elas mais amam, não? Sem nunca ter a intenção, elas dão patadas, vão embora para nunca mais se verem. Ou talvez estivesse tudo fora do controle de Lowell, como um relâmpago atingindo-o quando ele menos esperava.

Foi quando vi alguém se escondendo na floresta. Um menino com uma mochila preta.

Era alto e tinha cabelo claro. Tornou-se óbvio que conhecia a floresta, mas eu também a conhecia. Comecei a segui-lo. Consegui permanecer silenciosa até pisar numa pinha e fazer um barulho de coisa sendo esmagada. Abaixei-me rápido atrás de uns arbustos de espinheiro. Quando ele olhou para trás, vi bem o seu rosto. Meu coração deu um pulo dentro do peito. Ele parecia familiar de alguma forma. Eu deveria ter voltado, mas acho que não estava pensando direito. Segui o menino pela floresta, mas, de repente, ele desapareceu. Tive a sensação de que era minha imaginação, e que eu estava seguindo uma sombra ou uma neblina. Depois percebi que ele passara por um portão de ferro forjado.

Eu havia encontrado a entrada dos fundos da propriedade Montgomery.

E, a não ser que estivesse muito enganada, eu também encontrara o artista dos grafites.

Colin Montgomery. O menino cuja família era dona da floresta.

Notei uma pilha de pedras que um dia foram usadas para uma antiga estrada que não existia mais. Peguei algumas pedras brancas, depois, o mais rápido possível, escrevi com elas uma mensagem:

Vou te ajudar.

Fui andando para casa devagar, pensando em como as famílias eram complicadas e em como as pessoas guardavam muitos segredos. Agora eu tinha um também. Um segredo que não pretendia contar para Julia, nem para James. Eu precisava entender algumas coisas primeiro.

Não percebi quanto tempo ficara fora de casa até entrar pela porta. Lá estava minha mãe, esperando por mim.

— Onde você estava? — Seu rosto revelava preocupação.
— Muitas vezes nem sei se você está em casa. Tem alguma
coisa que eu deveria saber?

— Eu estava pensando — respondi.

Minha mãe riu.

— Bom, não há nada de errado nisso! Que alívio!

— Estava pensando na história da nossa família.

Minha mãe não pareceu tão animada ao ouvir isso.

— Não posso te ajudar. Me desculpe.

Ela foi para a cozinha, com a intenção de terminar a conversa, mas fui atrás.

— Estive pensando em Lowell Fowler.

Minha mãe deu um leve sorriso.

— Isso é história antiga.

— Falando sério. — Eu não ia desistir. — Não sei nada
sobre ele.

Minha mãe encolheu os ombros e me disse que também não
sabia muita coisa. Apenas que os pais dele haviam começado
este pomar e nossa família estivera aqui desde então. Ele vivera
e morrera em Sidwell.

— Ele desapareceu? — quis saber.

— Na floresta para pensar? — provocou ela.

— Mãe. É sério.

— Se realmente chegou a desaparecer, voltou depois. Está
enterrado no cemitério da cidade. — Minha mãe estava distraída, virando as páginas do *Arauto de Sidwell*.

Fui para o meu quarto, mas encontrei James no corredor,
indo para a porta de casa.

— Não tente me impedir — disse ele. — Não consigo mais
viver assim.

— Se Julia e eu descobrirmos a cura, você não terá que viver assim. Se conseguirmos descobrir o que aconteceu com Lowell, talvez possamos reverter isso.

— Você não acha que alguém teria interrompido isso há muito tempo se fosse possível?

Em vez de me ouvir, James saiu para a varanda. A tarde estava bonita. Pensei em todos os dias em que ele ficara trancado. Senti um nó na garganta quando fiquei ao lado dele. Eu não o culpava por não ter fé em nada. Ele, pelo menos, tinha a mim para apoiá-lo. O menino da propriedade Montgomery parecia não ter ninguém.

— Em algumas noites, eu não voo — me contou meu irmão. — Visto meu casaco longo e saio pela porta como se fosse qualquer outra pessoa. Sigo pela estrada e ando pela cidade. Fico parado na Avenida Principal. Sento na escadaria da Prefeitura. Olho pelas janelas para dentro da biblioteca. Só para saber como é ser normal. Ninguém me pegou ainda.

Um carro entrara na estrada de terra que levava à nossa casa. Fiquei preocupada que fosse o delegado de novo, mas James não pareceu apreensivo.

— Talvez tenha chegado a hora de todos me verem. Talvez seja o destino. Deixe que ponham minha foto nas camisetas para que as pessoas vejam o verdadeiro Monstro de Sidwell. Estou aqui! — gritou ele para o carro.

Não era o delegado, mas puxei o braço de James e o arrastei para dentro. Eu havia reconhecido o carro do Sr. Rose, e, se James não fosse rápido, sua história poderia ser exposta na primeira página do *Arauto*.

— Só por enquanto — falei. — Fique aqui dentro.

Quando o Sr. Rose saiu do carro, eu estava de volta na varanda, sentada no corrimão. Ele me deu o pote de sorvete que trouxera. Verifiquei o sabor: maçã com canela. Meu favorito. Olhei para ele com atenção, querendo saber se lia mente ou se apenas, por acaso, tinha o mesmo gosto que eu.

— Olá, Twig. Eu poderia jurar que havia alguém aqui com você.

— Não — respondi, com os dedos cruzados atrás das costas. — Só eu e a minha sombra.

— Engraçado —refletiu ele. — Minha visão é normal. A sua sombra é um garoto alto, uns quatro anos mais velho que você?

Balancei a cabeça, sentindo o pânico aumentar. Seria possível que ele soubesse mesmo ler a mente?

— Talvez seja melhor fazer um exame de vista. A visão muda conforme a pessoa fica mais velha.

— Está certa. Farei isso.

Eu não escutara minha mãe aproximando-se, mas, de repente, lá estava ela.

— Teresa — disse ela, usando meu nome para ser enfática. — Por que não vai pôr esse sorvete no freezer? Terei uma conversa com o Sr. Rose.

Fiquei pasma. Eu nunca teria imaginado que ela fosse andando pelo pomar com um editor de jornal quando tínhamos tanto a esconder e corríamos tanto risco se qualquer pessoa descobrisse James. Por outro lado, ela parecia tão feliz que eu me senti feliz também, e, quando o Sr. Rose acenou para mim do pomar, acenei para ele de volta.

Às vezes, a gente acha que sabe o que vai acontecer em seguida, e aí o mundo surpreende, especialmente em Sidwell.

Fui andar para refletir sobre as coisas. Quando vi, estava de volta ao velho portão da propriedade Montgomery. Suponho que eu queria ver se a minha mensagem ainda estava lá. Não estava. As pedras encontravam-se todas espalhadas. A princípio, achei que fosse um acidente — um cervo passara correndo e desarrumara minhas palavras. Depois percebi que as pedras tinham sido reorganizadas para formar uma mensagem de reposta para mim.

Obrigado, Twig.

CAPÍTULO SEIS

Na interseção entre o passado, o presente e o futuro

Minha mãe dissera que Lowell havia sido enterrado no Cemitério de Sidwell, então foi para lá que Julia e eu fomos. O velho cemitério localizava-se numa das estradas mais íngremes nos arredores de Sidwell. Não era usado desde 1901, quando um novo cemitério foi construído um pouco mais perto da cidade. Subimos a pé e finalmente chegamos. O dia estava quente e o céu, um azul frágil, rajado de nuvens. A grama era tão alta que passava dos nossos joelhos. Havia melros-pretos acima de nós, gritando para nós como se aquele lugar não fosse nosso, fazendo o que podiam para nos afugentar.

Eu ainda não contara a Julia sobre Colin Montgomery. Eu só não queria dividi-lo com ninguém. Ainda não. Mas, sempre que eu guardava um segredo assim, ele criava um muro entre mim e a outra pessoa, e agora acontecia com Julia. Ela ia falando, falando, mas eu permaneci quieta, mergulhada nos meus próprios pensamentos. Era muito fácil ficar assim. Este era um lugar em que ficar em silêncio parecia ser o mais certo a se fazer.

Uma cerca de ferro enferrujada cercava o cemitério, mas o portão não estava trancado e era fácil de empurrar. Pusemos as mãos no metal e, em segundos, havíamos entrado.

Vários membros da família Fowler estavam enterrados ali, além dos ancestrais de muitos cidadãos de Sidwell, cujos nomes reconheci: os bisavós do Sr. Stern do Armazém; as tias e tios da professora de teatro, a Sra. Meyers; alguns parentes do Sr. Hopper do centro de jardinagem; até mesmo um ou dois da família Larch.

Encontramos o túmulo de Lowell na encosta de uma colina, onde havia filas de rosas silvestres cor-de-rosa. Estava isolado dos outros e tinha a mais singela das lápides, apenas uma pedra branca. Julia e eu nos agachamos para tirar a poeira e as pedrinhas, e ler a inscrição.

Lowell Fowler, filho de Sidwell.

Agora posso voar livre.

— Ele deve ter pensado que Agnes ainda estaria aqui quando voltasse — disse Julia, com tristeza no olhar.

Concordei com a cabeça.

— Só que dessa vez era ela quem havia desaparecido.

— O verdadeiro destino deles foi interrompido.

Sempre ventava nessa encosta, mesmo num dia muito ensolarado. Eu estava sentindo calafrios. Notei que algo fora deixado na sepultura de Lowell. Uma pedra branca. Olhei ao redor. Não havia nada além de grama, rosas silvestres e a cerca de ferro à nossa volta.

Foi nesse momento que quase contei a Julia sobre Colin Montgomery.

Mas não o fiz.

Ela falava sobre o que precisávamos fazer em seguida.

— Vou vasculhar o chalé para ver se Agnes deixou mais alguma pista de como desfazer o feitiço. Vou descobrir aonde ela foi quando saiu de Sidwell. Vamos ao Brooklyn este final de semana para o meu pai terminar o trabalho lá e pegarmos algumas caixas que ficaram. Vou à biblioteca ver se há algo sobre Agnes nos arquivos.

— Vou tentar descobrir por que Lowell desapareceu no começo de tudo e onde ele estava durante os anos de sumiço.

Não queríamos que o destino ficasse todo confuso de novo.

Enquanto Julia estava fora da cidade, fui à redação do jornal, na esquina da Quinta com a Principal. Eu estava pronta para pesquisar a respeito de Lowell Fowler, mas havia a vida de outra pessoa que eu também queria investigar. O Sr. Rose era editor, acostumado a pesquisar histórias, e por algum motivo eu sentia que podia confiar nele. Achei que ele devia entender questões de crime e destino. Talvez pudesse me ajudar a entender se devemos entregar alguém quando ele pode estar fazendo algo capaz de lhe causar problemas, algo capaz de afetar a sua família e talvez a cidade inteira.

Um sino tocou acima da porta quando entrei no escritório do jornal. O som era tilintante, como o dos sinos das carruagens puxadas por cavalos. Eu me senti como se voltasse no tempo e, para ser sincera, era uma sensação boa. O passado parecia o lugar onde as coisas podiam ser resolvidas e esclarecidas.

O Sr. Rose estava sentado atrás de uma mesa antiga de carvalho com muitos compartimentos diferentes, cheios de contas e cartas. Embora houvesse um computador, ele escrevia à mão. Apressou-se a guardar o bloco de notas quando me viu. O que ele escrevia assemelhava-se um pouco a uma carta de amor. Tive quase certeza de ver um coração ao lado da rosa onde ele assinara seu nome.

— Twig! — disse ele, animado. — A que devo o prazer da sua companhia?

Sentei-me numa cadeira de couro gasta. Por algum motivo, o modo como o Sr. Rose disse o meu nome me fez sorrir. Tentei me lembrar de manter uma atitude distante, do jeito que eu agia com todas as outras pessoas da cidade, mas não foi fácil.

— Preciso de algumas informações. Estou a caminho da sala de história da Prefeitura para falar com a Srta. Larch.

— Tia Florence. — O Sr. Rose assentiu com a cabeça. — Excelente historiadora. Ninguém sabe mais sobre Sidwell do que ela.

— Mas também preciso de um pouco mais de informações atuais.

— Estou à disposição. — Ele afastou a cadeira da mesa e cruzou as longas pernas, pronto para escutar.

Havia apenas dois outros funcionários, o Sr. Higgins e a Sra. Hayward, ambos ocupados ao telefone. Não pude evitar entreouvir pedaços das conversas. O Sr. Higgins falava com a filha Ruth sobre o jantar — ele preferia frango frito a ensopado de carne — e a Sra. Hayward falava com alguém do consultório do dentista sobre uma consulta para examinar os dentes. Nenhuma notícia de última hora. Os dois repórteres tinham cerca de 90 anos de idade e trabalhavam para o jornal desde sempre. A Sra. Hayward escrevia o registro policial. O Sr. Higgins cuidava da parte social, que incluía peças da escola, assembleias dos cidadãos e o festival da maçã. Eles se dirigiram a mim depois de terminarem as ligações.

— Que surpresa vê-la aqui, Twig — disse o Sr. Higgins.

— Fique à vontade — falou a Sra. Hayward num tom afetuoso. — Distraio-me quando estou trabalhando, então, caso ainda não tenha dito: olá e como vai você?

Eu disse olá também e assegurei à Sra. Hayward que eu estava bem. Depois me voltei para o Sr. Rose e falei em voz baixa:

— Eu queria descobrir algo sobre a família Montgomery.

— Eu também. Parece que você e eu estamos pensando da mesma forma.

O Sr. Rose pegou alguns arquivos.

— O Sr. Montgomery comprou acres de floresta na fronteira de Sidwell vinte anos atrás. Ele mora em Boston e costumava passar os verões aqui, mas, nos últimos anos, só vem de vez em quando.

Pensei no verão em que eu ia fazer o papel da bruxa. Lembrei-me do meu amigo naquela época. Era Colin Montgomery. Por isso ele parecera tão familiar ao portão. Mesmo com 5 anos de idade, já era um menino alto e tímido de cabelo loiro que usava uma mochila preta. "Adeus, Twig", ele dissera no dia em que tive de ir embora e abandonar o meu papel. Sempre almoçávamos juntos no pátio e, como ele nunca gostava do próprio almoço, eu sempre lhe dava metade do meu. "Adeus, Collie", eu dissera. Ele abrira um sorrisão para mim, porque nós dois tínhamos apelido.

— Estou fazendo uma pesquisa a respeito de Hugh Montgomery para escrever um artigo — prosseguiu o Sr. Rose. — Ele tem planos de transformar a floresta, construir cem casas, além de um shopping, alguns restaurantes, talvez até uma nova escola. Os cidadãos terão de voltar em setembro. A construção criaria muitos empregos, então algumas pessoas são a favor, mas ela também destruiria muitas das coisas que a maioria das pessoas desta cidade mais ama.

— A floresta — disse.

O Sr. Rose concordou.

— A floresta.

— E quanto às corujas? — perguntei.

O homem inclinou-se para a frente.

— Que corujas?

— As corujas-serra-afiada pretas. Elas só existem em Sidwell. O amigo da Srta. Larch, o Dr. Shelton, sabe tudo sobre elas.

— Sabe? — O Sr. Rose vestiu o casaco. — Por que não vou com você para falar com a Srta. Larch?

Por causa das pernas longas, o Sr. Rose andava rápido. Eu também tinha pernas longas, mas ainda precisava correr para acompanhá-lo. Fiquei um pouco nervosa por voltar à Prefeitura depois de ter roubado as penas. Quando entramos, olhei para trás com medo de que alguém fosse me agarrar e dizer *"A-há! Esta é a ladra!"*. Por sorte, ninguém me notou enquanto eu seguia o Sr. Rose.

Passamos pelo auditório, onde o grupo do acampamento ensaiava a peça que sempre era apresentada no dia primeiro de agosto, o dia do desaparecimento de Lowell.

Dava para ver que uma menininha era a bruxa. Estava toda de preto, parada sobre o penhasco de papel machê.

— Não se intrometa nos meus assuntos se sabe o que é melhor para você e para os seus! — disse ela com a voz trêmula.

— Odeio essa peça — falei ao Sr. Rose.

Ficamos vendo a bruxinha ser derrubada do penhasco por outras crianças do jardim da infância. Ela caiu com muita força, ralou o joelho e começou a chorar.

— Entendo o motivo — disse ele. — Ela deveria ser reescrita.

— Um dia, será.

— Um dia, pretendo ver a sua versão. — Isso fez com que eu gostasse ainda mais dele. — Vamos fuçar a História de Sidwell? — Ele abriu a porta do domínio da Srta. Larch. — Tia Florence. — O Sr. Rose cumprimentou-a com um beijo na bochecha. — Eu trouxe Twig para uma ajuda com História. — Seu olhar passou para a mesa. Notou estar posta para duas pessoas. — Estava esperando mais alguém?

— Bom, parece que estou esperando Twig agora, não? — disse a Srta. Larch.

Percebi que ela não tinha muita prática em guardar segredo.

O Sr. Rose encarou a tia.

— Tenho uma pesquisa para fazer sobre corujas. Poderia me ajudar com isso?

— Ajudaria se pudesse, mas não posso. Corujas não são minha especialidade, e não posso divulgar o que os outros sabem.

Desconfiei que a Srta. Larch estava acostumada a proteger o Dr. Shelton e que tinha motivos para isso, assim como eu tinha os meus para proteger James, e agora, tudo indicava, para proteger Colin Montgomery também.

— Acho que pode confiar em mim, tia Florence — disse o Sr. Rose. — Quero o melhor para Sidwell. E acho que sabe que consigo guardar segredo.

— Se encontrar a pessoa que pode ajudá-lo — disse a Srta. Larch —, entregue isso a ele. Pode ser que ele esteja com fome. Diga que enviei você.

Ela cortou uma fatia grande de bolo de café com canela, pôs num prato florido e envolveu-o com um guardanapo.

— Vire à esquerda no Último Lago — disse ela. — Depois olhe para cima.

O Sr. Rose assentiu e virou-se para mim.

— Boa sorte, Twig. Espero que encontre o que está procurando.

— Espero que o senhor também encontre o que procura.

Demos um aperto de mão e tive uma vontade de chorar sem motivo algum. Acho que senti que salvávamos Sidwell juntos, ainda que ninguém soubesse que estávamos tentando salvar as pessoas com quem nos importávamos também.

— Meu sobrinho é um bom sujeito — a Srta. Larch me disse quando ficamos sozinhas. Ela preparara a chaleira para o chá. Tomamos o chá da memória, algo muito apropriado, uma vez que minha pesquisa tinha relação com o passado. Era pêssego com gengibre e um toque de baunilha. — Seu coração está inconsolável, no entanto.

— É mesmo? — Talvez eu estivesse certa ao achar que o Sr. Rose escrevia uma carta de amor quando cheguei à redação do *Arauto*.

— Sempre é possível ver no olhar de alguém quando há uma decepção amorosa. Além disso, ele canta canções de amor para si mesmo. Esse é um sinal indiscutível.

Minha mãe cantava canções de amor quando achava que eu não estava ouvindo. Aliás, notei que a Srta. Larch cantava uma canção de amor enquanto preparava o nosso chá. *Só de pensar em você, me esqueço de fazer as coisinhas comuns que todo mundo deveria fazer.*

Ela também se esquecera de pôr as colheres e o açúcar, não que eu me importasse, mas não sabia que era possível se apaixonar na idade da Srta. Larch.

— O que a traz aqui hoje? — perguntou ela.

Contei que Lowell, meu tataravô, desaparecera em 1775, causando decepção amorosa e sem ninguém saber por quê.

— Era o começo da Revolução Americana — informou a Srta. Larch ao ir até os arquivos. — O tiro ouvido no mundo todo foi disparado em Concord e representou o início do nosso país. Infelizmente, se você está procurando notícias daquela época, pode encontrar um problema. Houve um grande incêndio em Sidwell logo depois. Caiu um raio que produziu as faíscas. Metade da Avenida Principal pegou fogo. Vi alguns jornais sobre Lowell Fowler. Foi herói de guerra. Teve um grande desfile em homenagem a ele na Avenida Principal quando retornou. O maior que já aconteceu em Sidwell. Depois, Johnny Chapman, mais conhecido como Johnny Appleseed, deu a ele a macieira Cor-de-Rosa, e o pomar começou.

A Srta. Larch pôs os óculos de leitura, depois tirou os registros do ano em que Lowell desapareceu. Felizmente, a Prefeitura não fora atingida pelo incêndio e ainda havia registros de casamentos, nascimentos, mortes e dados militares com data do século XVIII.

Na noite de 31 de julho de 1775, todos os jovens fisicamente aptos saíram de Sidwell para lutar contra os britânicos. Essa informação era de conhecimento geral. Estava tudo escrito nos folhetos que os turistas recebiam ao visitar Sidwell. Mas havia outras coisas que ninguém sabia. Após todos os homens se reunirem, faltava um: Lowell Fowler.

Quando os outros homens da cidade saíram em busca dele, acharam-no andando na floresta, indo se encontrar com Agnes Early. Ele disse-lhes que não podia ir a Concord, mesmo sendo patriota. Explicou que no dia seguinte seria o seu casamento e que um homem não poderia faltar a esse compromisso, até mesmo por uma guerra contra o rei. Os homens de Sidwell, porém, não quiseram ouvir. Insistiram que era o dever de todo patriota ir à luta, mesmo os apaixonados. A guerra não esperaria e ponto final.

Eles o levaram sem um minuto para se despedir.

Esse minuto mudou o destino dele e o nosso.

Lowell comprovou sua coragem, salvando muitos de seus amigos durante os anos de serviço militar, inclusive alguns cidadãos de Sidwell, um deles parente da Srta. Larch.

— Pense nisso! Eu não existiria se não fosse por ele, nem existiria Ian! — disse a Srta. Larch. — Você estaria aqui falando com uma cadeira vazia. Para falar a verdade, muitos de nós não estaríamos aqui se não fosse por Lowell Fowler!

— Ele poderia ter mandado alguma carta para cá?

— É provável que não. O correio, e tudo mais, havia sido interrompido. Guerra é guerra, e as cartas extraviam com facilidade.

Depois da guerra, Lowell finalmente voltou para casa. Seis anos já haviam se passado.

— O que aconteceu, então?

A Srta. Larch passou os olhos pelos registros de casamentos e nascimentos.

— Ele se casou com uma moça da cidade e tiveram um filho, mas parece que ele não saiu mais de casa assim que voltou a Sidwell. A esposa fazia tudo de trabalho. Ninguém nunca mais o viu. — Ela virou algumas das páginas velhas e amarrotadas. — Ficou óbvio que havia alguém importante para ele no Chalé da Pomba da Lamentação.

No testamento, ele deixara uma quantia para manutenção que pagou os impostos do chalé durante todos os anos em que ficou abandonado.

— Imagino que ele quisesse manter o chalé para o caso de a antiga moradora voltar — disse a Srta. Larch.

O chá de memória que tomávamos com certeza estava funcionando, porque lembrei algo pessoal. Algo em que não pensava havia muito tempo. No final do verão, muito tempo atrás, quando tive de abandonar o papel da bruxa, encontrara uma mensagem deixada na nossa varanda.

Adeus estava escrito em tinta azul.

Seu amigo, Collie.

Talvez eu também fosse importante para alguém.

CAPÍTULO SETE

Como reverter uma maldição

Quando Agate e Julia voltaram do Brooklyn, eu aguardava na varanda do Chalé da Pomba da Lamentação. Beau veio correndo, latindo seu olá, e o Dr. e a Sra. Hall me deram um abraço e disseram que era bom estar em casa. Agate carregava inúmeros tecidos que comprara em Manhattan.

— Seda, cetim, veludo, tweed! — cantarolou ela, correndo para iniciar o trabalho à máquina de costura.

Na biblioteca do Brooklyn, as irmãs descobriram que Agnes Early morara ali e fora costureira numa loja famosa por seus vestidos de noiva. Estava claro que Agate herdara de Agnes o talento para costura. Um bibliotecário ajudara as meninas a encontrar uma cópia do censo de 1790. Ao passarem os olhos pelos registros, elas descobriram que Agnes teve condições financeiras boas o suficiente para comprar uma propriedade. Não se casou, mas sua irmã mais nova, Isabelle, sim. Aggie dedicava-se à sobrinha e aos sobrinhos, um dos quais era trisavô de Julia e Agate.

Então chegou a hora das minhas novidades. Anunciei que sabia quem fingia ser o monstro.

— Sabe? — Julia me aplaudiu pelo que disse considerar um excelente trabalho de investigação. — Você fez uma armadilha?

— Não foi necessário. Eu o vi na floresta. É só um menino que costumava passar os verões aqui quando pequeno. Acho que está tentando proteger as corujas.

— Bom, ele está piorando as coisas para o seu irmão. — Julia pegou a mochila e tirou um folheto que fora deixado atrás dos limpadores de para-brisa do carro do seu pai naquela manhã.

CAÇA AO MONSTRO
Aconselha-se a todos os cidadãos trazerem
bastões, armas, facas, redes, lanternas.
Encontro em frente à Prefeitura às 8h

Senti um calafrio.

— É amanhã de manhã — disse Julia. — E se fizerem uma busca nas nossas casas?

Eu não sabia nem como começar a responder a essa pergunta. Era horrível demais sequer considerar a possibilidade.

Se fizessem uma busca na nossa casa, meu irmão seria encontrado.

Anoitecia quando James e eu atravessamos juntos o pomar. Não falamos enquanto as cores do começo da noite baixavam ao nosso redor. Eu sabia que nossa vida estava prestes a mudar.

Eu mostrara a ele o folheto sobre a caça ao monstro. Ele o lera, depois o amassara com a mão. Eu nunca vira seus olhos tão escuros. Peguei o folheto, dobrei e pus no bolso para que minha mãe não o encontrasse.

O jardim crescera tanto que ninguém podia nos ver. Encontramos Agate e Julia no centro, onde os quatro caminhos se cruzavam. Era muito apropriado que estivéssemos nós quatro. Entramos naquilo juntos e juntos podíamos quebrar o feitiço e deter a caça ao monstro do jeito que fosse possível. Julia se esforçava ao máximo para não ficar olhando para as asas do meu irmão, que estavam dobradas nas costas dele. Sem olhar com muita atenção, parecia que uma capa fora jogada sobre seus ombros.

— Temos que terminar onde Aggie começou — disse. — É a única maneira de reverter a maldição.

— Não importa o que fizermos, eu nunca serei normal. — James virou-se para Agate. — Não posso envolver você nisso.

Ele saiu do jardim, furioso, mesmo com Agate fazendo de tudo para chamá-lo de volta. Ele parecia não escutá-la, mas ela estava convencida de que o faria mudar de ideia.

— Vou ajudá-lo a pensar com sensatez — disse ela.

Escreveu rápido um bilhete num pedaço de papel e me deu para entregar a ele. Fui para casa e subi correndo até o sótão, mas James não respondeu quando bati e chamei seu nome. Ele era teimoso. A sua única característica ruim. Uma vez que tomava uma decisão, não queria mais escutar nada. Era como minha mãe nesse aspecto. Por fim, passei o bilhete por baixo da porta.

Nessa noite, Agate esperou no campo, como escrevera que faria. Todos os vagalumes estavam se apagando. Ficou tão tarde que ela adormeceu no gramado. As corujas vieram e se foram. James, porém, não apareceu.

Ele saiu nessa noite. Quando olhei pela minha janela, notei sua sombra passando acima do gramado enquanto ele voava para o norte, na direção das montanhas. Subi ao porão e vi que todas as janelas haviam ficado abertas. Raio não estava lá. Ele devia ter seguido James até um de seus locais secretos na floresta, onde ninguém o encontraria. Eu sabia que o lugar dos pássaros era o céu, mas o lugar do meu irmão era junto de nós.

Ele deixara um último bilhete para que eu entregasse, então fui eu quem encontrou Agate no campo bem quando ela despertava. Seu cabelo claro estava solto, os pés, descalços. O vestido preto encontrava-se amarrotado. A luz do início da manhã era amarela, como o olho de um gato, e o ar estalava de calor e umidade, como fica antes de uma tempestade. Eu soube o que meu irmão escreveu, porque, quando Agate largou o bilhete na grama, eu o peguei e li. Não sei se isso foi certo ou errado, mas, quando li a mensagem, soube que ele não desejava magoá-la, que só queria a felicidade dela e acreditava que Agate nunca seria feliz com o Monstro de Sidwell. Quando eles viessem à caça de James, ele já estaria longe. Voltei para casa pelo jardim onde o feitiço fora criado. Havia duas pétalas de rosa no caminho. Peguei ambas e coloquei-as no bolso. Achei que poderiam me dar sorte, e eu precisava agora.

Eu fizera uma bagunça. Se não tivesse observado a chegada dos Hall nem subido na árvore nem caído e quebrado o braço, se não tivesse falado de Agate para ele, se ele não a tivesse visto no gramado ao lado da nossa casa, se eu apenas tivesse ficado de fora, James poderia estar seguro em casa, e não na floresta, totalmente sozinho.

Tive de contar a verdade à minha mãe. Todas as vezes que cheguei tarde, quando criei desculpas, encontrava-me no Chalé da Pomba da Lamentação. Eu queria uma amiga tão desesperadamente que mentira, fizera segredos. Agora, por causa disso, James desaparecera.

Estávamos sentadas à mesa da cozinha. Não consegui nem olhar para a minha mãe quando admiti tudo o que fizera. Estava pronta para ouvi-la dizer que eu era uma decepção, mas, em vez disso, ela segurou minhas mãos.

— Eu sabia que você estava indo lá, Twig. Eu não a impedi porque sabia o quanto você queria uma amiga.

Meus olhos ardiam à medida que eu segurava as lágrimas.

— Mas eu estava mentindo para você!

— Só porque as regras não eram justas.

Quando minha mãe veio me abraçar, senti uma coisa se abrir dentro de mim, meu amor por ela e minha gratidão por tudo que tentara fazer por nós, mesmo que uma parte tenha dado errado.

— Vamos encontrá-lo — disse ela.

Procuramos em toda a cidade, parando nos lugares que James me contou que visitara no escuro — a biblioteca e a Prefeitura —, mas não vimos nenhum sinal dele. Minha mãe me pediu que fosse à Lanchonete Starline enquanto ela procurava nas ruas menores. O Sr. Rose estava ao balcão. Ele pedira uma fatia da torta de pêssego Cor-de-Rosa de verão da minha mãe.

— Twig — disse o Sr. Rose ao me ver. — Você está bem?

Eu devia aparentar ter chorado.

— Estou tentando encontrar alguém que não quer ser encontrado.

— Isso pode ser tão difícil quanto procurar uma sombra.

Entreguei ao Sr. Rose o folheto amassado que eu enfiara no bolso. Ele assentiu, demonstrando que entendera, chateado.

— Faz algum tempo que a minha tia está preocupada com a possibilidade de uma caça ao monstro. Aliás, ela me ligou para falar disso antes de eu conseguir o emprego no jornal. Esse é um dos motivos pelos quais eu vim. Quero ver o que posso fazer para impedir essa bobagem.

O Sr. Rose seguiu para o seu escritório, acenando para mim da rua.

Sally Ann aproximou-se, preocupada.

— Quer pedir alguma coisa, meu bem? — perguntou. — Talvez algo para a sua mãe?

Ela era tão simpática que concordei com a cabeça, e Sally Ann deu um café para viagem para a minha mãe e um cookie de aveia para mim.

— Por conta da casa — disse-me ela. — Amigas são amigas, mesmo quando não se veem muito.

Corri para o carro, onde minha mãe estava esperando.

— Sally Ann mandou isso para você.

— Ela é sempre tão atenciosa — disse minha mãe.

Entreguei o café e ela deu alguns goles. Então fomos para as montanhas. Estacionamos ao lado da estrada e entramos na floresta, chamando meu irmão. Vimos uma garça azul sair voando. Vimos rastros de cervos e texugos. Vimos camundongos fugindo de nós. Mas nenhum sinal de James.

Em casa, depois que minha mãe foi para o quarto dela e eu a ouvi chorar, saí para procurar de novo, sozinha. Andei até chegar à antiga estrada onde as pedras brancas haviam sido espalhadas. Numa pedra próxima à enorme cerca em torno da propriedade Montgomery, notei um pequeno monstro pintado de azul. Inclinei-me para perto e plantei bananeira. Eu estava trêmula, mas consegui ficar na posição até ver o rosto da coruja mais uma vez. Por algum motivo, isso me encorajou.

Uns objetos caíram dos meus bolsos, inclusive a chave de casa e algumas moedas, e me curvei para catar tudo o que consegui ver na penumbra. Respirei fundo e passei pelo velho portão e, depois disso, apenas segui andando. A casa foi surgindo no crepúsculo. Toquei a campainha e recuei. Ninguém atendeu, mas, quando me virei, Colin Montgomery estava no gramado.

— Meu pai saiu para jantar — disse ele. — Estou só.

Ele parecia exatamente o mesmo de quando éramos pequenos, só que diferente.

— Collie — disse. — Você é o monstro.

Ele assentiu, depois se sentou na grama. Fui me sentar ao lado dele. Talvez, quando conhecemos uma pessoa desde pequenos, sempre sentimos que a conhecemos.

— Foi a única forma em que consegui pensar para impedir meu pai de destruir a floresta. Este é o único lugar em que me sinto em casa.

— Você não é a única pessoa que se sente assim.

Ele concordou.

— É por isso que tenho ajudado o Dr. Shelton.

— Você quer dizer, roubado dele.

— Tomado emprestado. E deixado sinais para convencer as pessoas a votarem contra qualquer construção na floresta.

— Bom, agora o povo da cidade vai fazer uma caça ao monstro. Foi por isso que meu irmão desapareceu.

— Você tem um irmão?

Não sei por que eu confiava em Collie, mas confiava. Talvez por ele ser o único amigo que tive antes de conhecer Julia. Talvez por causa da mensagem que ele deixou para mim muitos anos atrás. O laço que nos unia retornou por completo quando ele explicou que perdeu a mãe no ano em que estávamos no acampamento de verão. Por isso ele odiava os almoços, porque era a empregada que fazia, e por isso ele ficou tão grato a mim por dividir com ele o que era meu e feito em casa.

— James é o monstro — eu disse.

Collie riu, até ver a minha expressão solene.

— Não tem nenhum monstro — disse ele.

— As pessoas de Sidwell acham que tem.

— Então, teremos que fazer com que mudem de ideia.

Estava no jornal no dia seguinte, ocupando a primeira página inteira.

MONSTRO COMPARECE PARA SE PRONUNCIAR

Abaixo havia uma fotografia de Colin Montgomery. Ele confessara ser responsável por todos os roubos e pichações na cidade.

Depois de me levar para casa, ele fora ao escritório do delegado. Seu pai chegou e disse-lhe que não dissesse nada sem a presença de um advogado, mas Collie contou sua história ao delegado e a Ian Rose, e a qualquer outra pessoa que quisesse ouvir. Ele fingira ser o Monstro de Sidwell para conseguir a atenção de todos.

— Vote *não* na assembleia da prefeitura — disse ele pouco antes de seu pai chamar um advogado de Boston e pagar a multa para soltá-lo.

Eu queria agradecer a Collie. Eu sabia que ele confessara por causa de James, e talvez, só um pouco, por minha causa. Segui na direção da propriedade Montgomery, mas, quando cheguei ao Último Lago, parei. Tive uma sensação de desânimo. Avistei Julia e Collie sentados no píer, conversando. Ouvi a risada deles. Só conseguia vê-los por trás, mas não precisei ver mais para saber o que acontecera. Corri de volta por onde viera, com o rosto quente.

Eu devia ter esperado algo assim. Eu era Twig, a invisível. Twig, que ninguém notava de verdade. Fazia sentido para mim que eles gostassem mais um do outro do que de mim. Chorei enquanto corria, mas, quando passei pelo pomar, minhas lágrimas tinham sumido e fiquei com frio.

Eu vivera a vida toda sem um amigo. Eu só precisava lembrar como fazer isso de novo.

Ainda que eu não precisasse mais mentir para a minha mãe, não fui à Pomba da Lamentação. Sem James, nossa casa estava mais silenciosa e eu a queria assim. Quando Julia ligava, eu não atendia ao telefone. O que havia para ser dito? Que fomos amigas, mas que eu não confiava mais nela? Que quase revertemos a maldição? Às vezes, eu via Agate diante da nossa casa no escuro. Ela vinha quando achava que ninguém poderia vê-la, mas eu sempre a via, talvez porque estivéssemos ambas examinando o céu para ver se achávamos James. Ela parecia um fantasma, com o cabelo embaraçado e a tez branca. Agora eu entendia o desejo da minha mãe. Eu queria que voltássemos no tempo, para o início do verão, quando tudo era diferente, e todas as coisas pareciam possíveis.

Na manhã de primeiro de agosto, um sábado quente, azul, quando a cidade toda estava se preparando para assistir à peça na Prefeitura, Julia apareceu na nossa porta dos fundos. Ela nem bateu; foi entrando, mesmo sem nunca ter entrado antes. Eu estava lavando a louça e fiquei tão surpresa que deixei cair um copo. Despedaçou-se dentro da pia. A verdade era que, além de James, a pessoa de quem eu mais sentia falta era Julia. Esqueci que a torneira estava aberta. Esqueci o copo quebrado.

— Sei que você não quer falar comigo porque James fugiu e você deve estar nos culpando. — Ela parecia triste, mas também segura de si. Aproximou-se e fechou a torneira. — Mesmo que você não queira mais ser minha amiga, eu quero.

— Quer? Você não tem outro amigo com quem prefere ficar?

Julia franziu a testa, confusa.

— Eu te vi com Colin no lago.

Julia riu.

— É com isso que está chateada? — Ela mostrou um envelope. — Ele estava deixando isso para você. Eu disse que entregaria, mas, toda vez que eu ligava para vir, você não atendia. Ele disse que você deixou isso cair perto da casa dele, e achou que poderia lhe dar sorte. Ele me contou que nunca teve uma amiga melhor em Sidwell do que você foi para ele. Quando me perguntou se eu me importaria de dividir você, respondi que ficaria perfeitamente feliz.

Dobrei o envelope e o coloquei no bolso, depois dei um abraço em Julia.

— Perfeito — disse.

— E tem mais — falou Julia. — Acho que encontrei algo importante.

Ela pôs uma folha de papel muito velha na mesa da cozinha. As pontas estavam desmoronando e a tinta já apagava.

— Caiu de uma gaveta quando minha mãe levou a escrivaninha para a loja de antiguidades. É a última página do diário de Agnes. Deve ter sido arrancada.

A receita do feitiço.

Pegue todas as ervas do jardim na mesma medida, uma colher de chá de cada, e acrescente duas pétalas da flor mais bonita de todas. Fique de pé no centro do jardim na noite da Lua Vermelha. Queime as ervas e deixe a fumaça subir.

Duas vezes, diga: "Voe para longe de mim", e diga de coração.

Julia disse que procurara as fases da lua no *Arauto de Sidwell*. A Lua Vermelha era a primeira lua cheia de agosto.

— É daqui a duas noites — disse ela. — Três de agosto.

Ainda tínhamos tempo.

Fomos ao trabalho no jardim dos Hall, colhendo as ervas e secando-as ao sol. Trabalhamos o dia todo. O tempo estava tão quente que usamos folhas grandes de carvalho para nos abanar, mas sabíamos que não podíamos parar até juntarmos todos os nossos ingredientes.

Estávamos prestes a olhar a receita de Agnes para nos certificar de que tínhamos todos os elementos necessários, quando a Sra. Hall apareceu procurando-nos. Ela veio às pressas pelos pés de menta, com uma expressão preocupada.

— Vocês viram Agate? — perguntou. — Ela disse que ia vir para casa tirar um cochilo, e depois íamos à peça juntas.

O odor das ervas subiu para o ar. O cheiro lembrava o chá que minha mãe tomava nas noites de inverno. A tarde caía e a maioria das pessoas estava a caminho da Prefeitura para ver *A Bruxa de Sidwell* no festival de verão. Com certeza, eu não pretendia ir.

— Vi Agate hoje de manhã — respondeu Julia. — Quando saiu para a Prefeitura.

— Acabei de procurar no quarto dela. — O rosto da Sra. Hall estava sombrio. — Não sei aonde ela foi. Só sei que a mala dela não está lá.

CAPÍTULO OITO

Um céu cheio de relâmpagos

Pulei para dentro do carro quando o Dr. Hall chamou, gesticulando para todos entrarem. Fomos para a Avenida Principal num silêncio total, todos preocupados com Agate.

Anoitecera e o tempo mudara de repente, como às vezes acontece no verão na nossa parte de Massachusetts. Em um minuto, está quente e ensolarado; no outro, as pessoas estão tremendo de frio. Uma tempestade vinha do leste, com massas de nuvens escuras, quase pretas. Escutávamos trovões do outro lado das montanhas, enquanto o céu escurecia cada vez mais. Todos os pássaros estavam escondidos nos ninhos. Nem um único pardal rodopiava pelo céu, o vento batia nos ramos das árvores e as folhas começavam a cair e acarpetar a estrada. Nem parecia mais verão.

Eu me perguntei se meu irmão estava em algum lugar seguro.

Fiquei com o envelope de Collie o tempo todo. Esperaria uma ocasião especial para abri-lo. Até lá, eu realmente esperava que ele me trouxesse sorte de verdade.

No escuro do começo da noite, tudo em Sidwell parecia sombrio e estranho. Os trovões eram constantes agora. Rajadas de vento nos seguiram pela porta e as pessoas estremeciam, dizendo que, com certeza, podíamos esperar um temporal. Falavam sobre as catástrofes do passado, enchentes e nevascas que isolaram Sidwell do resto do mundo. Lembraram que, durante uma tempestade de verão, relâmpagos incendiaram metade da cidade. Entendi que isso ocorreu quando o prédio do *Arauto* pegou fogo e todos os arquivos foram perdidos.

Quando chegamos, a Prefeitura já estava lotada, todos animados para o início da peça. Antes que pudesse começar, Montgomery correu para o palco e pegou o microfone.

— Olá, pessoal — disse ele. — Sei que têm lido coisas negativas sobre a minha família no *Arauto*, mas espero que votem *sim* na próxima assembleia da cidade e permitam que Sidwell avance para o futuro.

Vi Collie sentado sozinho na última fileira. Acenou ao me ver, e acenei também. Pensei em como ele devia ter se sentido solitário na propriedade durante todos aqueles verões, quase tão solitário quanto James, tão solitário quanto eu.

— O seu futuro, não o nosso — gritou em resposta o Sr. Hopper do centro de jardinagem, na plateia. — O que seria de Sidwell sem a floresta? Só mais uma placa de asfalto cheia de lojas de que ninguém precisa.

Quando o prefeito pegou o microfone e sugeriu que o local para essa discussão era a assembleia, nós fomos para os bastidores. As crianças do jardim da infância estavam todas vestidas para a peça. Notei as vestes feitas por Agate. Fiquei triste só de vê-las. Ela se dedicara muito a cada uma delas.

A Sra. Meyers, professora de teatro, repassava as falas da pequena bruxa. Quando viu que estávamos ali bisbilhotando, aproximou-se. Somente o elenco e a equipe tinham permissão para ficar nos bastidores.

— Vocês deveriam estar na plateia — disse ela. — Estamos quase prontos para começar.

Os trovões estavam mais perto agora. Quando houve um estrondo bem acima de nós, a menina que fazia a bruxinha deu um pulo. Seu figurino era o melhor, exatamente como Agate disse que seria, com uma bela gola de renda e uma saia preta que parecia uma cachoeira de seda. A menina era neta do Sr. Hopper. Eu o vira todo orgulhoso na primeira fila quando passamos para ir atrás do palco.

— A bruxinha é nossa — dizia ele a todos na plateia.

— Agate esteve aqui hoje? — o Dr. Hall perguntou à professora de teatro.

— É claro — respondeu a Sra. Meyers. — Ela cuida do figurino. Não conseguiríamos fazer a peça sem Agate. Estaríamos completamente perdidos. A ajuda dela é muito valiosa. — Mas ninguém sabia onde Agate estava agora e ela não respondeu quando a Sra. Meyers chamou seu nome. — Que estranho — murmurou a professora. — Ela estava aqui há um minuto.

Um agito de crianças e pais lotava o salão. As pessoas se abraçavam, desejando o bem uns dos outros e fazendo piadinhas sobre o final da peça, quando a bruxa é empurrada do penhasco. A parte de que eu menos gostava. "Cuidado com a bruxa caindo", as pessoas alertavam umas às outras. "Qual a modalidade das bruxas nas olimpíadas?", ouvi alguém dizer. Todo mundo respondeu gritando: "Lançamento de feitiço."

— Agate! — chamou a Sra. Meyers, mais alto. Ela se apresentara nos teatros da Broadway muito tempo atrás e sua voz era imponente. Todo mundo ficou quieto. Houve um estalo forte de trovão, o mais alto e mais próximo até então. Desta vez, o coração de todos quase pulou do peito.

— Agate, onde você está? — gritou a Sra. Hall, a voz falhando um pouco.

— Tenho certeza de que ela está aqui em algum lugar — disse o Dr. Hall num tom tranquilizador. Ele falara comigo desse mesmo jeito reconfortante quando caí da árvore. Pegou a esposa pelo braço e a levou na direção do auditório. — Ela não perderia a apresentação.

Eles eram tão novos na cidade que nunca tinham ouvido falar no tema da peça. Acho que não iam gostar de uma peça na qual um membro da família deles era denunciado por ser uma bruxa, mas foram sentar-se. Espiei entre as cortinas de veludo. Os Hall pareciam nervosos e a Sra. Hall virou-se para procurar Agate, sem o mínimo de sorte.

Fiquei boquiaberta ao ver minha mãe chegar. Ela era guiada pelo corredor pelo Sr. Rose. Eu me esquecera do jantar e não aparecera em casa o dia todo. Minha mãe deve ter pensado que eu havia desaparecido, como Agate.

Eu quis correr até ela para explicar que eu estava bem, mas Julia gesticulava loucamente do camarim. Passei por uma fileira de crianças prontas para subirem ao palco. Elas ouviam as últimas palavras de incentivo da Sra. Meyers.

— Se esquecerem uma fala, não parem, sigam em frente — aconselhou ela. — Não se esqueçam de sorrir.

Julia e eu ficamos com as cabeças perto uma da outra para ninguém nos escutar. Ela encontrara a mala de Agate debaixo da bancada de maquiagem do camarim, e um envelope no qual Agate escrevera: *Para os meus pais e minha querida irmã Julia.*

— Estaria me intrometendo se abrisse? — perguntou Julia.

— Seu nome está aí. Ela deve querer que você leia.

A carta cheirava um pouco ao perfume de Agate e um pouco a um jardim, uma combinação de jasmim fragrante e grama recém-cortada, possivelmente por ter passado tantas horas no nosso gramado no escuro, esperando James chegar em casa.

Querida família,

Depois que a peça acabar hoje à noite, pegarei um ônibus para o Brooklyn. Queria poder ficar em Sidwell, mas eu trouxe sofrimento a um amigo daqui e não consigo mais ficar.

Ir para o Brooklyn, exatamente como Agnes Early. Estava acontecendo tudo de novo.

— Ela deve ter partido sem a mala — disse Julia.

— Ou...

Trocamos um olhar.

Ou talvez Agnes tivesse se escondido ao ouvir as vozes dos pais dela, em vez de encará-los e explicar tudo o que acontecera.

Talvez ela ainda estivesse ali.

Sabíamos que a peça logo começaria, mas, em vez de nos sentarmos no auditório, Julia e eu começamos a procurar nos bastidores. Havia armários, camarins, um sótão, e, três andares acima de nós, o sino da torre.

A essa altura, o trovão chegou tão perto que estremeceu o prédio. Ouvimos algumas das crianças no palco suspirando e chamando suas mães.

— Está tudo bem — disseram algumas pessoas na plateia.

— Vai dar tudo certo — gritou um espectador bondoso.

Os relâmpagos brilhavam, tão perto que iluminavam o céu como se fosse dia.

Julia e eu descemos ao velho porão de pedras, decidindo que deveríamos resolver a parte mais assustadora primeiro. Enquanto procurávamos Agate, houve um imenso clarão de relâmpago. O som foi de mil janelas quebrando-se, e o céu se iluminou como se um milhão de lâmpadas tivessem sido acesas ao mesmo tempo. Até as janelas do porão se tornaram brancas. De repente, acabou a luz, não apenas na Prefeitura, mas em toda Sidwell, como se uma mão gigante tivesse apertado todos os interruptores, e lá estávamos, sem eletricidade, presas no porão escuro. Apertamos os olhos e prendemos a respiração. Depois escutamos o ruído do fogo acima de nós, no telhado.

Julia e eu ouvimos as pessoas gritando lá em cima, procurando pelos filhos, e a voz calma da Sra. Meyer orientando:

— Saiam em fila única. Fiquem calmos! Saiam pelos fundos!

Um clarão desceu a escada, e apertamos os olhos com a iluminação brusca.

— Rápido! — alguém gritou.

Conseguimos subir a escada, cambaleando um pouco, guiando nossos passos sem tirar as mãos da parede de pedras ásperas. Sentimos um odor estranho de coisa queimando. Pela janela, vimos fagulhas subindo no escuro da noite. Um relâmpago atingira o telhado e ele pegou fogo. As chamas derramavam da torre do sino.

Collie esperava por nós no alto da escada.

— Vamos — ele nos apressou. — O prédio todo pode pegar fogo.

Julia recusou-se a passar pela saída de emergência, atrás dos camarins.

— Minha irmã pode estar presa!

Enquanto insistíamos para que ela saísse, o Dr. e a Sra. Hall chegaram, saídos da escuridão.

— Achamos você! — a Sra. Hall pegou Julia e abraçou-a com força. Ouvi um soluço de choro escapar-lhe da garganta. — Achamos que tínhamos perdido você também!

Minha mãe e o Sr. Rose vinham logo atrás, igualmente desvairados.

— Teresa Jane! — disse minha mãe. — Você sabe que não tem permissão para vir a este evento! Nós procuramos por você em todo lugar!

— Nós? — perguntei.

— Também sou uma parte interessada — disse o Sr. Rose.
— Por que não seria?

O barulho de sirenes invadiu a escuridão. Todos os três carros e bombeiros da cidade vinham correndo, e ouvimos o ronco dos motores. O xerife Jackson passou pela área atrás do palco com uma lanterna enorme, que brilhou na nossa direção. Ficou tudo claro e ofuscante.

— É uma evacuação de emergência! — gritou ele. — Vocês precisam sair agora. Já!

— Mas... — começou o Dr. Hall.

— Sem mas. O prédio está pegando fogo. Saiam agora!

— Você não está entendendo — insistiu o Dr. Hall. — Nossa filha pode estar aí dentro.

— Vocês têm alguma prova? — perguntou o xerife. — Se não tiverem, não posso arriscar a vida de ninguém.

Fomos levados até a rua, onde multidões viam o telhado queimar e os bombeiros davam o melhor de si para controlar o incêndio. Os clarões de relâmpago continuaram, de modo que o céu estava preto e, de repente, um branco forte e cegante. Estremecemos com o clarão. Collie ficou bem do meu lado. Mesmo sem eu dizer uma palavra, ele sabia que me sentia muito assustada.

Julia virou-se para os pais.

— Não podemos ficar esperando aqui! A mala de Agnes estava lá dentro. Ela planejava voltar para o Brooklyn. Mas não sabemos se ela voltou mesmo, ou se está escondida em algum lugar.

A fumaça transbordava por toda cidade, até depois das montanhas. As fagulhas voando pelo ar eram tantas que o xerife levou todos nós até o meio do parque da cidade, bem longe do incêndio. O Sr. Montgomery veio correndo, desvairado, procurando Collie. Apesar de discordarem, ainda eram pai e filho. Deram um aperto de mão, depois o Sr. Montgomery abraçou Collie.

Ouvi uma mudança no vento. Fiquei olhando para cima e não consegui distinguir as estrelas e as chamas. Depois minha vista se ajustou e vi Agate na torre do sino. Meu coração enlouqueceu. Peguei Julia pelo braço. Ela se virou e estava assustada. Agate subira para fugir das chamas que havia no telhado, pela escada que circulava a torre do sino. A escada trêmula de ferro só era usada duas vezes por ano, quando um vigia precisava acertar os sinos para o horário correto.

O Dr. e a Sra. Hall agarraram-se um ao outro, em estado de choque ao ver a filha na torre instável. Agate ficou parada, o cabelo brilhando, como uma estrela no céu. Havia chamas acima e abaixo dela. Ouvi os bombeiros dizendo que não havia escada que chegasse a um ponto alto o suficiente. Eu não conseguia acreditar nas palavras deles. A fumaça subia ao céu e era tão espessa que parecia que morávamos nas nuvens.

Foi quando eu o vi.

James veio do norte, das montanhas. Depois ele me contou que passara as últimas noites numa árvore, junto com um ninho de corujas. Ele vira fagulhas no ar acima de Sidwell e seguira a trilha fétida de fumaça, preocupado com a cidade e conosco, e agora, mais que tudo, com Agate. Um relâmpago dividiu o céu mais uma vez e a sombra do meu irmão caiu sobre a Avenida Principal. Algumas pessoas levaram um susto, outras apertaram os olhos para ver melhor. Finalmente, elas viam o Monstro de Sidwell, mas, em vez da criatura animalesca que sempre haviam imaginado, era apenas um menino.

— Esse é o seu irmão? — perguntou Collie.

Assenti com a cabeça.

— James.

Ele voou direto para a torre do sino e retirou Agate do poleiro instável. O azul e o preto das asas cintilaram e penas caíram quando ele a levou para longe das chamas. A essa altura, todos na rua estavam em estado de choque. Os raios haviam parado e havia um silêncio.

Em seguida, não havia mais.

No silêncio, alguém começou a bater palmas. Eu olhei e vi o Sr. Rose aplaudindo e gritando de alegria. Todo mundo logo fez o mesmo. A cidade toda ficou enlouquecia de gratidão, os aplausos foram como uma onda mais forte que trovão.

Meu irmão podia ter fugido para a floresta, onde ninguém o encontraria, mas, em vez disso, pousou na Avenida Principal, colocando Agate com segurança na calçada. Quando ele a baixou, ela o abraçou.

Raio seguira meu irmão e agora se encontrava empoleirado na árvore bem acima de nós. O incêndio ainda estava fora de controle. Meu irmão olhou atento para a multidão, sem saber ao certo como as pessoas reagiriam a ele. Quando viu que ninguém foi persegui-lo, James deve ter concluído que era seguro terminar o trabalho. Pegou a mangueira dos bombeiros mais próxima e decolou ao céu mais uma vez. Ficamos observando James apagar o fogo que, com toda certeza, teria destruído a maior parte de Sidwell, como já fizera uma vez. Agora a única coisa destruída era a torre de madeira do sino.

Quando ele voltou ao solo, havia silêncio. Em seguida, um dos homens do Grupo da Fofoca começou a aplaudir. Pode ter sido o Sr. Stern, ou um dos outros, mas logo todos fizeram o mesmo. O resto da cidade deu um grande viva, depois os moradores de Sidwell correram até o meu irmão, não para prendê-lo, mas para celebrá-lo. Eles o ergueram no ar e desfilaram com ele pela Avenida Principal. A banda que iria tocar entre os atos de *A Bruxa de Sidwell* tocou "Amazing Grace" e "Ele é um Bom Companheiro". A bruxinha, neta do Sr. Hopper, jogou punhados de pó mágico, na verdade, uma mistura de farinha e giz vermelho.

O Dr. e a Sra. Hall correram para abraçar Agate e, quando puseram James no chão após ter sido carregado pela Avenida Principal, abraçaram-no também. Vi minha mãe num canto, chorando com olhos cheios de orgulho, e o Sr. Rose passava o braço em torno dela. Collie e Julia estavam cada um do meu lado, meus dois melhores amigos.

Eu não conseguia acreditar em como essa noite terrível se tornara tão perfeita.

A torre do sino da Prefeitura teve de ser substituída, mas o sino estava bom, como se fosse novo. Fazia até um som mais claro. As pessoas diziam que, aos domingos, era possível escutá-lo até em Boston. No dia seguinte, saiu uma matéria sobre o incêndio no *Arauto de Sidwell*, mas sem menção a um garoto com asas. Dizia apenas que James Fowler, morador da Estrada da Velha Montanha, fora o herói da noite, resgatando a Srta. Agate Early Hall e salvando o tesouro de Sidwell — o sino que a Srta. Larch acabou descobrindo ter sido encomendado por nosso ancestral Lowell Fowler após a Guerra Revolucionária, para tocar toda noite no horário em que ele deveria ter se encontrado com sua amada perto do Último Lago.

Não compareci à assembleia da cidade em que foi decidido o destino da floresta, mas fiquei sabendo o que aconteceu pelo *Arauto de Sidwell*. Collie e eu nos sentamos nos degraus da varanda de casa e lemos sobre a assembleia juntos, antes de ele partir dele para Boston. Havia uma foto de todos os cidadãos de Sidwell que trabalharam para impedir a destruição da floresta, inclusive do Dr. Shelton, cujo relato convencera o conselho da cidade de que a área de reprodução das corujas-serra-afiada pretas tinha de ser preservada a todo custo. Em vez de ter um ataque e acionar seus advogados, Hugh Montgomery concordou em doar a floresta Montgomery à cidade, a ser para sempre uma terra livre. Ele ficaria apenas com a casa, pois pretendia passar o verão ali de agora em diante. Era o lugar favorito de seu filho, o lugar onde podiam ser uma família.

Julia chegou com Beau.

— Collie — disse ela, — este é Collie.

Beau ergueu a pata.

— Que cachorro perfeito — falou Collie.

Julia e eu rimos, mas não contamos por quê. Há coisas que simplesmente não devem ser contadas.

Comemos a primeira torta de maçã verde da estação, feita com maçãs verdes ácidas e acréscimo de mel para se tornar bem doce. Ficamos à mesa da cozinha, três amigos que não voltariam a se ver até Julia e eu convencermos nossas mães a nos levarem a Boston para passarmos um final de semana no outono. Tínhamos tudo planejado: iríamos ao aquário, passearíamos ao lado do rio Charles, e visitaríamos Concord, onde Lowell Fowler lutara numa batalha, e com toda certeza tomaríamos chá na casa de Collie, em Beacon Hill, chá de orquídea negra, ainda o meu favorito.

Collie disse que era seu favorito também. Quando terminamos o lanche, e Julia voltou para casa, fui com ele até a casa da Srta. Larch. Isso foi algo que fizemos só nós dois juntos no último dia dele em Sidwell. No caminho, Collie me perguntou se eu chegara a receber o envelope que ele me enviara. Admiti que estava guardando para abrir depois que ele voltasse para Boston, a fim de que sentisse como se meu amigo ainda estivesse em Sidwell.

— Ah, eu vou voltar — disse-me ele. — Meu pai e eu estaremos aqui no Dia de Ação de Graças.

Era a época do ano perfeita para se encontrar; a estação em que fazíamos não apenas tortas de maçã, mas também a torta de abóbora Cor-de-Rosa anual, a grande favorita na cidade.

Encontramos a Srta. Larch e o Dr. Shelton para que o ornitólogo pudesse agradecer a Collie em nome das corujas de Sidwell. Ele deu a meu amigo um livro que escrevera sobre corujas. A Srta. Larch me surpreendeu com um presente também, seu próprio exemplar dos poemas de Emily Dickinson.

Sempre que eu os lia, lembrava-me daquele dia e que tomamos chá de orquídea negra. Em todos os meus anos em Sidwell, acho que esse foi quando eu me senti menos solitária.

Pouco depois, o prefeito veio à nossa porta. Estava acompanhado da Srta. Larch, porque ela era a historiadora oficial da cidade e estava sempre interessada nas questões que diziam respeito a Sidwell. O Sr. Rose também veio. Apresentava um sorriso largo, e percebi que não estava ali como jornalista, mas por seu interesse na nossa família. James também estava presente, e isso me deixou muito animada. Ele não ficava mais no sótão, e agora seu quarto era ao lado do meu.

— Chega de se esconder — minha mãe dissera. — Nós somos quem somos.

No fim das contas, todos em Sidwell concordaram. Uma segunda votação fora realizada na assembleia após a derrota do empreendimento imobiliário de Montgomery, e mais uma vez o resultado foi unânime. Decidiu-se que o que acontecera em Sidwell permaneceria nos arquivos de Sidwell. O que realmente ocorreu na noite do incêndio seria mantido em segredo, uma história a ser acalentada pelos moradores da cidade e contada apenas a suas filhas e filhos. Todas as camisetas com a imagem do Monstro de Sidwell foram queimadas numa fogueira. O prefeito pediu à Srta. Larch que tirasse uma foto dele apertando a mão de James, para os arquivos da sala de história.

Depois que o prefeito saiu para levar a Srta. Larch de carro para casa, o Sr. Rose ficou. Todos tomamos limonada de maçã Cor-de-Rosa gelada.

— Eu não poderia estar mais orgulhoso de você, James — disse o Sr. Rose. Em seguida, deu um grande sorriso para mim. — Nem de você, Twig. — Ele olhou para a minha mãe com uma expressão forte. — Já estava na hora de conhecer meu filho e minha filha direito.

Acho que eu já sabia a verdade há algum tempo. Ele tinha os mesmos olhos verde-acinzentados de James, e era desajeitado por causa da altura como eu. Eu não fechara a porta na primeira vez que ele fora à nossa casa. Eu quis conhecê-lo naquele dia.

Eu queria conhecê-lo agora.

Quando ele me abraçou, entendi do que eu vinha sentindo falta havia tanto tempo, porque parou de me fazer falta.

Ficamos sentados nos degraus da varanda e minha mãe explicou por que tínhamos deixado meu pai quando saímos de Nova York. Ela não achara certo submetê-lo ao mesmo futuro que teríamos por causa das asas de James, dos segredos que cercariam nossa vida. Só porque ele se casara com alguém da família Fowler, não tinha de carregar o mesmo peso e de guardar segredos. Nosso pai era um homem tão sincero, afinal, que ela não queria deixá-lo numa situação em que ele precisasse mentir todos os dias. Ela também temia que a sinceridade dele fizesse com que deixasse escapar algo sem perceber, e ela não podia arriscar a segurança de James. Ela o convenceu, na carta, de que ele colocaria James em perigo, e essa era a última coisa que meu pai queria.

Nosso pai respeitara os desejos dela, mesmo sentindo a nossa falta durante todo esse tempo. A Srta. Larch enviara a ele fotos minhas tiradas em eventos da escola. Ela anunciou que era nossa tia-avó, e isso fez sentido. Parei para pensar e me lembrei dela em todas as apresentações e feiras de ciências. Ela sempre dizia: "Ah, olá, Twig!", como se estivesse surpresa em me ver, mas agora eu sabia que ela me procurava para manter meu pai atualizado, o que ela nunca deixou de fazer.

Depois disso, a Srta. Larch ligara para meu pai na primavera, preocupada ao ficar sabendo da ideia da caça ao monstro. Ela achou que ele deveria saber o que a família dele enfrentava, ao se dar conta de que talvez nossa mãe estivesse precisando dele mais do que admitiria. Foi quando meu pai sentiu que não poderia mais ficar longe. Nesse mesmo dia, ele se candidatou ao emprego no jornal.

— Agora que estamos juntos de novo — disse o Sr. Rose —, minha sugestão é que continuemos assim.

James abriu um sorrisão e apertou a mão do nosso pai. Acho que eu posso ter chorado, mas só por um momento. Eu acabara de perceber que meu nome seria Teresa Jane Rose, e, para ser franca, não poderia ter ficado mais feliz.

CAPÍTULO NOVE

A noite da lua vermelha

Nós quatro saímos pela janela exatamente ao mesmo tempo. Era a noite em que a maldição poderia ser desfeita. Se falhássemos, teríamos de esperar até o ano seguinte. Até lá, a maldição poderia se tornar forte demais, e nunca nos livraríamos dela. Não havia uma única nuvem, somente punhados de estrelas espalhados pela escuridão e, erguendo-se bem acima de nós, uma lua cheia imensa vermelha como uma rosa.

Ficamos sentados nas pontas onde os quatro caminhos se encontravam, bem no meio do jardim que trabalhamos tanto para criar durante todo o verão. O ar estava nebuloso ao nosso redor, e a cor e o cheiro de coisas vivas nos cercava, menta verde-preta, grama alta e coberta de penugem, áster silvestre roxo. Julia guardara as ervas secas num saco de couro, e agora as colocou na tigela que a Sra. Hall encontrara no emaranhado do antigo jardim, quando ele não passava de ervas daninhas. Achamos que a tigela pertencera a Agnes Early; pelo menos, assim esperávamos. Quando a usamos, parecia que Aggie estava conosco de alguma forma, e que também se encontrava do nosso lado. Talvez quaisquer poderes que ela já tivera nos ajudassem de algum modo.

Foi bom colhermos as ervas antes. Era o fim da estação, e as folhas estavam murchas com o calor e a luz do sol. Algumas das plantas não floresciam mais, inclusive as rosas, que já haviam florescido e definhado. Mas nós nos encontrávamos lá, e tínhamos as melhores intenções, o que sempre conta quando o assunto é magia. Queríamos acertar as coisas, para que voltassem ao que eram duzentos anos atrás, antes do desaparecimento de Lowell Fowler.

Era hora de encerrar a maldição da forma que havia começado.

O cabelo de Agate chamuscara no incêndio, e ela o cortara curto, com uma tesoura que pegou emprestada de mim. Ficou ainda mais linda porque dava para ver melhor suas feições. Nessa noite, ela usava um vestido branco enfeitado com fita azul, feito por ela mesma. Agate observava James, que estava pensativo, com uma expressão séria. Ele parecia cauteloso e não falava muito. Embora ali, conosco, também parecia estar sozinho. Eu imaginei que ele estaria transbordando de alegria por chegar a hora de reverter o feitiço. Se tudo corresse como deveria, ele logo estaria livre das asas. Eu me perguntava se elas cairiam pena por pena ou de uma só vez. O processo seria doloroso ou ele se sentiria muito mais livre e leve sem o peso das asas?

Fizemos uma pequena fogueira com gravetos no centro do círculo. O fogo ardia laranja e azul-vivo, fazendo barulhinhos de estalos. Quando Julia estava prestes a colocar a tigela acima das chamas, resolveu se certificar de que havia adicionado todos os ingredientes. Atanásia, menta, lavanda, camomila. Conferiu uma vez, depois mais uma, e ficou pálida. Faltava um ingrediente. As pétalas de rosas não estavam lá, e agora não havia mais nenhuma. Não notamos que as flores ficaram murchas e depois despetaladas com a tempestade. Senti como se perdêssemos tudo, de uma vez.

— A culpa é minha — disse Julia. — Eu deveria ter verificado.

— Quem sabe não era para ser — falou James. — A verdade é que eu sentiria falta de voar. Com ou sem asas, eu saio perdendo. É egoísmo, eu sei, mas eu queria ter tudo.

Foi quando lembrei que ainda estava com o envelope que Collie me dera. Eu andava com ele todos os dias, para dar sorte, mas me esquecera de abri-lo. Se havia algum momento em que eu precisava de sorte era agora. Dentro do envelope, encontrei duas pétalas de rosa. As que haviam caído da roseira do jardim de Agnes Early. Caíram do meu bolso quando plantei bananeira perto do portão dos Montgomery. A sensação era mesmo de que Collie estava ali conosco. Embora secas feito papel, achei que isso não faria diferença. Como meu pai me dissera na primeira vez em que foi à nossa porta: *Uma rosa é uma rosa é uma rosa.*

Feitiços são coisas engraçadas. Meu irmão queria a vida dele na terra e a vida dele no ar. Perguntei-me se a metade dos ingredientes traria metade da cura.

— Talvez você possa ter o que deseja — disse.

Os outros olharam para mim, confusos. Pela primeira vez era eu quem estava confiante. Eu não me sentia invisível nem burra, e não estava com medo de dizer o que pensava. Eu era Teresa Rose, não mais Twig. Senti que algo dentro de mim havia mudado. Twig era uma menina que ficava sozinha e usava a solidão como uma armadura. Pela primeira vez, eu tinha tudo o que queria, inclusive uma família e amigos.

Mostrei as pétalas de rosa.

— Agnes Early usou duas. Vamos mudar isso. Vamos usar uma. Metade da magia.

— E aí? — perguntou James, sem se convencer. — Vou ficar com uma asa?

— Confie em mim — falei. Era a única chance de James ter tudo o que sempre quis, seu desejo mais profundo, o ar e a terra combinados.

— Confio em você. — Ele foi até a ponta norte.

Agate foi à ponta sul. Julia e eu estávamos no leste e no oeste. Julia leu o feitiço de Agnes Early.

— Ela disse para dizer "Voe para longe de mim" duas vezes.

— Então, diremos "Volte para mim" — eu instruí, invertendo a maldição. — Mas só uma vez.

— E falaremos de coração — complementou Agate.

— E, o que tiver que ser, será — disse James, com os olhos claros e verdes. — E eu aceitarei o que for.

Julia pôs a tigela no fogo. Uma espiral de fumaça esbranquiçada subiu das ervas à medida que esquentavam. Eu me inclinei e acrescentei uma única pétala de rosa. A fumaça se tornou vermelha, depois cor-de-rosa e, em seguida, branco-pérola. Ficamos de mãos dadas. Não sei dos outros, mas eu fechei os olhos.

Volte para mim.

Dissemos juntos, como se tivéssemos uma voz, e talvez tivéssemos no momento.

Ouvi o vento. Ele rodopiava ao nosso redor. Algumas gotas de chuva respingaram no chão, enquanto as rajadas de vento passaram por nós. Continuei de olhos fechados. senti a magia por todo lado, na terra e no céu, e dentro de nós. Senti como se o passado e o futuro estivessem entrelaçados, como se nosso destino estivesse mudando.

No entanto, quando abri os olhos, nada mudara. Ainda éramos nós quatro. Ainda o jardim de Agnes Early. Ainda a lua vermelha. Ainda as asas nas costas do meu irmão.

Estávamos exaustos e confusos. Tínhamos tentado tudo, e parecia que tínhamos falhado. Por respeito à magia do jardim, não reclamamos nem culpamos nada nem ninguém. Não restava nada a fazer senão dizer boa noite. Acho que Agate estava com lágrimas nos olhos quando nos despedimos. Talvez todos nós estivéssemos.

James e eu fomos para casa às pressas, pelo pomar. Ele poderia ter voado, mas, em vez disso, andou ao meu lado. As árvores estavam cheias de folhas e maçãs verdes minúsculas que ficariam cor-de-rosa com o tempo.

James pôs um braço nos meus ombros.

— Você tentou. É só o que você pode fazer.

— Eu queria fazer mais que tentar.

— Você fez. Você me mostrou o quanto se importa comigo.

Eu queria chorar de verdade agora, chorar tão alto que todos os pássaros nos ninhos sairiam voando numa nuvem.

Mas não chorei. Eu era Teresa Jane Rose e ainda tinha fé que toda maldição poderia ser desfeita e que, de algum modo, houvera magia no jardim.

Quando dormi nessa noite, sonhei com Agnes Early e Lowell Fowler, e com uma lua vermelha como uma rosa. Sonhei que andava por Sidwell no escuro e via todos os nossos vizinhos dormindo, e, apesar de tudo que acontecera, sentia-me contente por morar numa cidade em que qualquer coisa podia acontecer e em que a magia era sempre uma possibilidade.

De manhã, ouvi gritos. Eu reconhecia a voz de James até no meu sonho.

Eu dormira demais e corri até o quarto do meu irmão. James estava lá parado, com uma expressão de espanto. Erguia os braços, cercado por um círculo de penas preto-azuladas. Elas caíam feito as folhas das árvores no outono.

— Está acontecendo — disse James, com a voz rouca.

As asas se dobravam, como se feitas de papel. Caíram no chão e viraram pó. Com uma rajada de vento pela janela aberta, o pó subiu num círculo de cinzas e voou para fora. Senti o mesmo arrepio que sentira no jardim, mas desta vez não fechei os olhos.

E lá estava James. Um garoto comum.

Meu irmão olhou para o seu reflexo no espelho da parede.

— Sou como qualquer outra pessoa — falou ele.

Não entendi se estava feliz ou triste.

— Isso foi só metade da cura. — Eu estava confiante. — Você terá suas asas de novo.

— Duvido. — Balançou a cabeça. — O que se foi, se foi.

Ele fora do outro jeito por tanto tempo que talvez temesse não saber como ser comum. Eu me sentira desse mesmo jeito antes desse verão, e agora eu era uma menina que tinha amigos, família e esperança.

— Veremos — eu disse. — Você terá o que desejou.

Do lado de fora, diante da janela, os pássaros que James criara e cuidara até ficarem bons batiam no vidro. Eu me dei conta de que ele tivera amigos e um mundo inteiro compartilhado com eles, um mundo do qual ele não queria abrir mão.

Encontrei minha mãe na cozinha e contei o que acontecera.

— Fizemos tanto esforço para deixar James como todas as outras pessoas — eu disse.

— Mas ele não é como todas as outras pessoas — falou ela. — É único. E isso não é nada para se envergonhar.

Ela ligou para o nosso pai, que veio o mais rápido que pôde. Era tão boa a sensação de esperar por ele na varanda, e melhor ainda quando me abraçou e disse:

— Vamos acertar as coisas, Twig. Espere para ver.

Ele entrou e bateu à porta do meu irmão.

— Só quero cinco minutos — disse meu pai. Ele deve ter usado o tom certo, porque meu irmão o deixou entrar.

Minha mãe e eu esperamos na cozinha. Finalmente, nosso pai veio tomar uma xícara de café.

— Ele está refletindo — disse. — Faz parte do crescimento. Conforme a vida passa, perdemos algumas coisas e ganhamos algumas coisas. É uma verdade para todo mundo. É que James está enfrentando tudo de uma vez.

Meu irmão refletiu por muito tempo. Depois, saiu para jantar conosco. Minha mãe fez uma torta de milho e tomate, e uma torta de pêssego para a sobremesa, com o sorvete de canela e maçã que nosso pai trouxera. Eu adorava até pensar na palavra *pai* e adorava o fato de que ele parecia nos conhecer, mesmo após ficarmos separados por tanto tempo. Aí minha mãe nos contou que eles vinham escrevendo um para o outro durante todos esses anos, que ela tinha uma caixa postal no correio, e que guardava todas as cartas dele numa caixa amarrada com uma fita, debaixo da cama. Por todos esses anos, ela enviava fotos e contava sobre a nossa vida, então, de certa forma, ele realmente nos conhecia, mesmo estando longe. Talvez ele não tivesse adivinhado meu sabor de sorvete favorito. E talvez ele também soubesse o quanto tínhamos sentido a falta dele.

Cada pedacinho do nosso jantar estava delicioso. Na verdade, acho que foi a melhor refeição que já fiz. Se estivéssemos no Brooklyn, as pessoas iriam fazer fila em volta do quarteirão para comprar uma única fatia da torta da minha mãe, mas, como estávamos em Sidwell, comemos tudo sozinhos.

Ficamos sentados à mesa por muito tempo, contando histórias, lembrando o incêndio. A verdade era que nos sentíamos como uma família. Tínhamos altos e baixos, mas estávamos todos juntos.

Quando o sol começou a se pôr, saímos para a varanda. Pássaros pretos passaram acima da casa e desapareceram no pomar. Era o fim do verão, e sentimos isso no ar, como uma capa caindo sobre nós. Havia uma única estrela no céu, mais brilhante que qualquer uma que eu vira antes.

— Creio que seja Vênus — disse nosso pai. — Dá para ver muito melhor aqui em Sidwell do que em Nova York.

Foi quando aconteceu. A magia sempre nos pega de surpresa assim, quando menos esperamos, quando é exatamente a hora certa.

James curvou-se e arquejou. Minha mãe levantou-se, pronta para correr até ele, mas meu pai a segurou.

— O que é para ser, será — disse ele a ela. Eles se entreolharam de um modo tão profundo que percebi que estavam juntos de alguma forma mesmo quando ficaram separados por tantos anos.

Aguardamos juntos. Quando veio a escuridão, as asas de James cresceram de volta, como se nunca tivessem desaparecido. Ele fechou os olhos com força, esperando que doesse, mas depois explicou que pareceu perfeitamente natural. Era como as pétalas do jasmim que se fecham durante o dia, e se abrem à noite, quando a lua está no céu.

Exatamente como eu esperava. Metade da cura. Metade da maldição. Metade da magia.

Lá estava ele, James Fowler Rose, meu irmão.

— Absolutamente perfeito — eu disse.

Este ano, meu irmão está na escola, no último ano. Ele vai andando com Agate para a escola todos os dias, enquanto Julia e eu corremos na frente. Mas, à noite, ele ainda tem o seu próprio mundo. Suas asas aparecem quando ele fica de pé no telhado, e todos os pássaros que ele salvou esperam-no e o seguem para dentro da floresta.

A escola está melhor que nunca. Eu posso apenas ser eu mesma, e ser tão amigável quanto quiser. Tem todo um grupo de garotas muito mais legais do que eu pensava que fossem, e imagino que irei ao cinema de Sidwell com elas, mas por ora Julia e eu estamos ocupadas nos finais de semana. Estou reescrevendo a peça sobre Agnes Early, com a aprovação da Sra. Meyers. Julia e eu representamos todas as personagens juntas. A Srta. Larch é a nossa plateia. Nós a visitamos aos domingos, à tarde, e lemos alguns pedaços para ela, que sempre aplaude e nos diz que é muito melhor que a original. Depois que meu pai veio morar conosco na Estrada da Velha Montanha, fiquei com medo de que a Srta. Larch se sentisse sozinha, mas o Dr. Shelton está alugando o quarto que ela não usa. Eles tomam chá juntos todos os dias, e às vezes eu e Júlia nos juntamos a eles. Orquídea Negra ainda é meu favorito.

A bruxa não é mais má, não agora que eu a reescrevi. É apenas incompreendida, e muito apaixonada. Ela não se veste de preto, usa um vestido branco enfeitado com fitas azuis, feito por Agate. É tão bonito que todas as menininhas da cidade querem fazer o papel da bruxa para usar o vestido. Do jeito que escrevemos, no segundo ato, ela acaba com a maldição e deseja felicidade aos cidadãos de Sidwell.

Enviei as páginas completas a Boston, para Collie ler. Ele era meu melhor amigo, afinal, e valorizo sua opinião. Disse-me que não terei problemas com meu desejo, e que um dia sentaremos na plateia de um teatro da Broadway para assistirmos à peça que escrevi. Por amar Sidwell, não estou com pressa de chegar ao meu futuro, mas é bom saber que ele está em algum lugar, esperando por mim.

Em frente à Prefeitura, há uma estátua do herói local que salvou a nossa cidade, um garoto bonito de 17 anos que usa uma capa que flutua até o chão. Com muita frequência, uma pequena coruja preta se senta no ombro da estátua, observando a cidade com olhos amarelos-vivos. As pessoas dizem que, se a coruja virar o olhar para você, ela lhe trará sorte. Os turistas gostam de ser fotografados ao lado da estátua, especialmente durante o festival da maçã. Eles passam no centro turístico para pegar mapas e um exemplar do *Arauto de Sidwell*. Vêm para passear na nossa floresta, comprar nossa sidra Cor-de-Rosa e comer nossa torta de maçã Cor-de-Rosa na lanchonete Starline. Quando fazem piquenique no parque da cidade, perto da estátua do nosso herói, não notam o que as pessoas que moram aqui sabem: debaixo da capa, há penas esculpidas na pedra. Fora isso, nosso herói parece um garoto comum e, em diversos aspectos, ele é. Agora, quando alguém o vê lá acima de nós nas noites de lua cheia, simplesmente acena e segue cuidando da própria vida, grato por morar numa cidade como Sidwell, um lugar onde as maçãs são sempre doces, e criaturas misteriosas são sempre bem-vindas.

RECEITA

Torta de maçã Cor-de-Rosa

A maravilhosa confeiteira Mary Flanagan ajudou-me a criar uma adorável torta de maçã Cor-de-Rosa com duas coberturas diferentes, incluindo uma variação crocante. Fica melhor se dividida com um amigo. Mas não é assim com todas as coisas?

Ingredientes da massa

> 1 ½ xícara de farinha
> ¾ de xícara de manteiga
> ¼ de xícara de açúcar
> 4 ½ colheres de sopa de água gelada

Você também pode usar duas massas pré-prontas de 22 cm compradas no mercado.

Ou veja a seguir a variação de cobertura crocante.*

Ingredientes do recheio

    6 a 8 maçãs médias

    1 xícara de geleia de morango sem semente

    3 colheres de sopa de geleia de framboesa sem semente

Modo de Preparo

Preaqueça o forno a 190° C. Unte com manteiga uma fôrma de torta de 22 cm.

Peneire a farinha numa tigela. Misture com a manteiga (com os dedos!), esmagando na farinha. Adicione açúcar e misture. Adicione água gelada, um pouco de cada vez (pode ser que não precise de toda a água). Misture até formar uma massa.

Envolva a massa com filme plástico e deixe na geladeira por 20 minutos.

Retire a massa da geladeira. Deixe em temperatura ambiente por alguns minutos, se necessário, até ficar levemente macia.

Divida a massa em duas bolas e abra com um rolo. Ponha a massa na forma de torta, acompanhando o tamanho da forma. Reserve a outra parte da massa para a cobertura da torta.

Modo de Preparo do Recheio

Descasque, tire o centro e fatie as maçãs. Misture com a geleia de morango e coloque a mistura de maçã e geleia na massa que está na forma. Distribua colheradas de geleia de framboesa.

Cubra a mistura de maçã com a outra massa. Grude as duas partes da massa com os dedos molhados para fechar a borda.

Fure a parte de cima da torta com um garfo (você pode fazer um desenho se quiser) para o ar sair enquanto assa.

Asse por cerca de 40 minutos a 190º C.

*Variação: Cobertura Crocante

Se for usar esta cobertura, faça metade da receita de massa acima (1 ½ xícara de farinha, ¾ de xícara de manteiga, ¼ de xícara de açúcar, 4 ½ colheres de sopa de água gelada). Essa será a metade de baixo. Complete com o recheio conforme preparo acima, depois acrescente a cobertura.

1 xícara de farinha
½ xícara de manteiga, à temperatura ambiente
½ xícara de açúcar

Misture a farinha com a manteiga cortada em pedaços (com os dedos!) até formar migalhas. Acrescente açúcar e misture. Espalhe em cima da torta.

Asse por cerca de 40 minutos a 190º C.

AGRADECIMENTOS

Com extrema gratidão às três pessoas que acreditaram em O *Pássaro Noturno* e em Twig desde o início:

Minha editora amada, Barbara Marcus
Minha revisora brilhante, Wendy Lamb
Minha agente maravilhosa, Tina Wexler

Muitos agradecimentos também à equipe de arte estelar da Random House: Isabel Warren-Lynch, Kate Gartner e Trish Parcell. E obrigada, Tracy Heydweiller, da produção, e Tamar Schwartz, da gestão editorial.

Agradeço a Jenny Golub e Colleen Fellingham a competência no copidesque. Agradeço muito a Dana Carey a ajuda ao longo do caminho.

Agradeço à incrível artista Sophie Blackall por sua visão inspiradora e a deslumbrante lua vermelha.

Gratidão aos meus agentes, Amanda Burden e Ron Bernstein.

Meu agradecimento, sempre, aos meus leitores, sem os quais meus livros não ganhariam vida.

Minha gratidão mais profunda a Edward Eager, meu escritor favorito durante toda a minha infância, cujos belos livros me apresentaram a magia do mundo. Eu teria ficado perdida sem aqueles romances.

Impresso no Brasil pelo
Sistema Cameron da Divisão Gráfica da
DISTRIBUIDORA RECORD DE SERVIÇOS DE IMPRENSA S.A.
Rua Argentina, 171 – Rio de Janeiro, RJ – 20921-380 – Tel.: (21)2585-2000